짧은 소설 가이드북

김은, 「어느 편집자의 고백」 박형서, 「외로운 사람」 엘리노어 아너슨, 「문법학자의 다섯 딸」 최은영, 「저녁 산책」 셔우드 앤더슨, 「그로테스크들의 책」 사키, 「네모 달걀」 정세랑, 「아라의 소설1」 오정희, 「사십 세」 이재은, 「코로나, 봄, 일시정지」 버지니아 울프, 「어떤 연구회」 조남주, 「이혼 일기」 이경자, 「저 마누라를 어쩌지?」 오 헨리, 「식탁을 찾아온 봄」 에드거 앨런 포, 「군중 속의 사람」 이기호, 「타인 바이러스」 가와바타 야스나리, 「애견 순산」 사키, 「스레드니 바슈타르」 나쓰메 소세키, 「고양이의 무덤」 버지니아 울프, 「유모 렉튼의 커튼」 쿠르트 쿠젠베르크, 「평생의 포도주」 안톤 체홉, 「롯실드의 바이올린」

오늘 뭐 읽지?
짧은 소설 가이드북

권혜린, 김은주, 이재은, 전앤

오정희, 「돼지꿈」 백수린, 「아무 일도 없는 밤」 이재은, 「1인가구 특별동거법」 로드 던세이니, 「불행교환상회」 김금희, 「오직 그 소년과 소녀만이」 에드거 앨런 포, 「윌리엄 윌슨」 이승우, 「합리화 혹은 속임수」 가와바타 야스나리, 「양지」 안톤 체홉, 「고독한 그리움」 데이먼 러니언, 「약속 불이행」 김미월, 「석훈에게」 레이먼드 카버, 「풍보」 성석제, 「되면 한다」 박선우, 「소원한 사이」 정이현, 「비밀의 화원」 최은영, 「호시절」 데이먼 러니언, 「브로드웨이의 금융업자」 정용준, 「종이들」 장류진, 「일곱 번째 이력서와 첫 번째 출근길」 박완서, 「나의 웬수덩어리」 에이비드 운손, 「이른 봄」 쿠르트 쿠젠베르크, 「좀 색다른 짓」 기 드 모파상, 「전원 비화」 최지애, 「방과 방 사이」 데이먼 러니언, 「부치, 아기를 보다」 버지니아 울프, 「불가사의한 미스 V의 케이스」 김금희, 「감사 인사」 토베 얀손, 「두 손 가벼운 여행」 오 헨리, 「이십 년 후에」 프란츠 카프카, 「양동이를 탄 사나이」 나쓰메 소세키, 「화로」 에드거 앨런 포, 「아몬티야도 술통」 오라시오 키로가, 「엘 솔리타리오」 심아진, 「클라리시 스팩토르, 「달걀과 닭」 권여선, 「나쁜음자리표」 사키, 「토버모리」 김멜라, 「유메노우메」 주수자, 「붉은 달빛아래 저들」 김

차 례

어떻게 '짧은소설연구모임'을 하게 되었나

짧은소설연구모임의 출발을 말하려면 짧은소설공모전부터 언급해야 한다.

공모전은 우연히 시작됐다. 2017년 당시 배다리 헌책방 거리에 있는 나비날다책방에서 몇몇 분들과 단편소설읽기모임을 하고 있었는데, 누군가 인천문화재단의 생활문화동아리지원사업 소식을 전했다. 지원금이 백만 원이었던 걸로 기억하는데 되든 안 되든 도전해보자 싶었다.

지원서에는 동아리 활동이나 사업 목적, 사업 계획, 그리고 지원금을 어디에 어떻게 쓸 건지 적어야 했다. 도서나 간식 구매 외에 책에서 뽑은 문장을 연필에 새겨 배다리 헌책방 거리에서 열리는 책 축제에서 시민들에게 나눠주겠다고 썼다. '문장 연필' 제작으로 책정한 금액은

삼십만 원이었다. 감사하게도 사업에 선정되었다.

그런데 연필 만드는 게 시시하게 느껴졌다. 색색의 연필을 나눠주면서 '문학을 알리는 게' 무슨 의미가 있나. 좋은 문장 한 줄 읽는다고 갑자기 책을 사랑하게 될 것도 아닌데. 나는 시니컬해졌고 뚱해졌다. 지나가는 사람에게 연필을 나눠주는 것은 너무나도 순진하고, 또 심심한 일이라는 생각이 들었다. 이왕이면 재미있는 일을 하고 싶었다.

그때 나는 아코디언에 꽂혀 있었다. 악기 아코디언이 아니라 종이 아코디언. '거의 백수'나 다름없는 프리랜서로서 돈을 벌려면 명함이 필요했고, 며칠 고민한 끝에 보통 명함을 다섯 배로 늘린 오단 명함을 만들었다. 어쨌든 접었다 폈다 할 수 있으니 아코디언 명함이라고 이름 붙였다. 가까운 사람들한테 나눠줬더니 반응이 좋았다. 다들 흥미로워했다. 크기를 키우면 책이 되겠네? 아코디언 북? 멋지겠는데!

짧은 소설을 공모해 수상작 열 편을 아코디언 북으로 만들면 어떨까? 문득 그런 아이디어가 떠올랐다. 여느 공모전과 다른 특별함을 고민하다가 대상 은상 금상이 아닌 열 명을 뽑기로 했다. 열 명이 수상자가 되어 열 배의 기쁨을 나누면 어떨까? 수상과 동시에 책을 만들면 어떨까? 얼렁뚱땅 시작한 공모전은 내가 운영하는 마음만만연구소와 배다리에 있는 나비날다책방의 후원으로 2017년부터 2022년 현재까지 총 여섯 번의 행사를 마쳤다.

꾸준히 공모전을 진행하면서 짧은 소설에 관심을 갖게 됐고, 2020년 가을 짧은 소설을 공부해야겠다고 결심했다. 혼자가 아닌 여럿이

해보면 어떨까. 블로그에 참여자 모집 글을 올렸다.

독서 연구 모임 회원을 모집합니다

〈짧은 소설 발견하기〉

자그마한 독서 모임을 하나 꾸려볼까 하는데요(다짜고짜 본론^^), 가볍게 시작하되 틀이 잡히면 책쓰기까지 해보면 어떨까 하는 욕심을 품고 있습니다.

제목을 '짧은 소설 발견하기'라고 붙였는데 문예지나 신춘문예 응모 단편 소설 기준 매수인 70매 내외를 벗어나는 짧은 소설의 특징과 매력을 찾아보는 것을 목표로 합니다. 기존의 단편/중편/장편의 구분에서 벗어난 작품을 찾아 읽고 장점을 끄집어내는 거죠.

월 2회, 3개월 단위로 테마를 정해 깊이 있는 독서를 하고, 관련 글도 찾아 읽고, '때가 왔다' 싶으면 우리만의(!) 글도 써보는 흐름으로 가면 어떨까 합니다.

하고 싶어요!의 구두 참여가 아닌 간단한 신청서를 받고 있으니 책과 문학과 글쓰기를 좋아하는 분들의 관심 부탁드립니다.

모임 첫날의 기억이 생생하다. 멀리서 온 손님을 대접하기에는 약소하지만 오븐에 고구마를 굽고 따뜻한 차를 준비했다. 누군가 잘 익은 귤 한 봉지를 꺼내자 네모난 책상 위에 둘러앉은 우리는 좀 더 둥글어졌다. 어색함을 느끼면서 마스크를 썼다 벗었고, 호감 가는 누군가를 훔쳐보는 것처럼 슬쩍슬쩍 서로의 얼굴을 확인했다. 연구모임을 만들게 된 계기를 설명하고 내가 정한 방법과 목표를 공유했다.

- 월 2회 만난다.
- 3개월 단위로 읽기에 집중한다. 작가별, 국내외 별로 다양한 작품을 살펴본다.
- 주기적으로 과정에 대한 피드백을 나누고, 좀 더 효과적인 진행을 고민한다.
- 성과물을 만든다. 짧은 소설 관련 단행본을 발간한다.
- 기록한다. 모임에서 나눈 대화를 텍스트로 남긴다.

그때까지 파악한 국내외 작가들의 목록을 간단히 정리한 뒤 가장 먼저 읽을 책으로 『에드거 앨런 포 단편선』을 골랐다. 이후 오 헨리, 정이현, 이기호 작품집을 읽으면서 모르긴 몰라도 멤버들 역시 나처럼 쿠웅쿵! 쿵쿵! 흥분을 감추지 못하고 이따금 발장단을 쳤을 것이다. 오오, 짧은 소설 괜찮잖아. 색다른 재미가 있는데?

오프라인 모임을 표방했고, 그렇게 시작했지만 코로나19 때문에 주로 온라인에서 만났다. 꾸준히 생각을 나누면서 혼자였다면 발견하지 못했을 관조와 사색의 즐거움을 공유했다.

　　이 책은 짧은 소설의 매력에 빠졌던 시간에 대한 우리의 고백이자 책 읽는 삶을 꿈꾸는 분들을 짧은 소설의 세계로 안내하는 권유의 손짓이다.

이재은

1장

짧은 소설, 이래서 좋다!

권혜린

경희, [...] 맥수린, 「아무 일도 없는 밤」, 이재은, 「1인가구 특별동거법」 로드 던세이니, 「블렘교환회」 김금희, 「오직 그 소년과 소녀만이」 에드거 앨런 포, 「윌리엄 윌슨」 이승우, 「향리화 혹은 속임수」 가와바타 야스나리, 「양지」 안톤 체홉, 「고독한 그리움」 데이먼 러니언, 「약속 불이행」 김미월, 「석훈에게」 레먼드 카버, 「통보」 성석제, 「되면 한다」 박선우, 「소원한 사이」 정이현, 「비밀의 화원」 최은영, 「호시절」 데이먼 러니언, 「브로드웨이의 금융업자」 정용준, 「종이들」 장류진, 「백한 번째 이력서와 첫 번째 출근길」 완서, 「나의 웬수덩어리」 에이비드 온손, 「이른 봄」 쿠르트 쿠갠베르크, 「좀 색다른 짓」 기 드 모파상, 「전화」 최지애, 「방과 방 사이」 데이먼 러니언, 「부치, 아기를 보다」 버지니아 울프, 「불가사의한 미스 V의 이스」 김금희, 「감사 인사」 로베 안손, 「두 손 가벼운 여행」 오 헨리, 「이십 년 후에」 프란츠 카프카, 「양동를 탄 사나이」 나쓰에 소세키, 「화로」 에드거 앨런 포, 「아몬리야도 술통」 오라시오 키로가, 「엘 솔리타리」 심아진, 「결진」 클라리시 리스펙토르, 「달걀과 닭」 권여선, 「나쁜음자리표」 사키, 「토버모리」 김멜라, 「

밥 먹을 땐 편식을 하지 않고, 사람을 사귈 땐 편을 가르지 않는다.

이러한 원칙을 나름대로 지키면서 살아왔다고 생각했다. 그런데 한 가지 놓친 게 있었다. 그것도 하루에 가장 많은 시간을 투자하는 독서에서 말이다! 어느 날 무심코 서가를 보다가 최근에 읽은 책들과 앞으로 읽으려고 계획한 책들이 모두 장편 소설이라는 것을 깨달았다. 지금 연구를 하는 대상도, 독서 노트에 기록된 대상들도 다 장편 소설이었다. 극심한 편독을 하고 있었던 것이다. 건강에 신경 쓰며 사는 편인데도 독서 건강에는 무심했다. 건강에 자신하다가 이십 대 후반에 덜컥, 브레이크가 걸려 몇 달을 자의 반 타의 반으로 푹 쉰 뒤 그 후유증으로 건강 염려증에 걸린 전적이 있다. (사실 아직도 건강 염려증에서 완전히 벗어나지는 못했다.) 신체에 나타나는 온갖 증상에는 그렇게 예민하면서, 독서 습관을 되돌아볼 생각은 한 번도 하지 않았던 것이다. 독서 건강 염려증이라니, 자신감(이라는 이름의 자만심)이 넘쳐 한 번도 느껴 본 적이 없는 증상이었다.

내친김에 독서에 대한 자가 진단을 해보기로 했다. 이름하여 '독서 건강 검진'. 건강 검진을 하러 가면 문진표를 작성하게 된다. 평소에는 자각하지 못하다가 문진표를 본 뒤에야 비로소 생활 습관을 되돌아보는 것처럼 눈앞에 활자화된 것, 가시화된 것을 들이밀어야 알게 된다. 매일 자연스럽게 반복해 왔다고 생각했던 것이 사실은 익숙함 속에서 굴렀던 쳇바퀴였다는 것을. 독서는 너무나도 일상적인 활동이었기에 오히려 객관적으로 독서 경험을 진단하지 못했던 것이다.

그래서 아래에서처럼 '독서 건강 검진 문진표'를 만들어 해보았다. 부끄럽게도, 삼십 년 넘게 책을 읽고 살아오면서 처음으로 해본 독서 건강 검진이다.

잠깐! 재미를 위해 독자 여러분도 '독서 건강 검진 문진표'를 작성해 보기를 권한다.

독서 건강 검진 문진표

1. 평소의 독서 습관은 어떠합니까?

□ 거의 읽지 않는다.　　□ 월 2~3회　　□ 일주일에 1~2회

□ 일주일에 3~4회　　□ 거의 매일 읽는다.

2. 1회에 독서 시간을 얼마나 씁니까?

□ 10분 이하　　□ 30분　　□ 1~2시간

□ 2~3시간　　□ 3시간 이상

3. 평소에 책을 읽는다면 1회에 어느 정도 읽습니까?

□ 단행본 1/3 이하　　□ 단행본 1/3　　□ 단행본 1/2

□ 단행본 1권　　□ 단행본 2권　　□ 단행본 3권 이상

4. 주로 독서를 하는 장소는 어디입니까? (중복 가능)

□ 집　　□ 직장　　□ 카페

□ 야외　　□ 대중교통　　□ 기타 (　　　　)

5. 주로 어떤 분야의 책을 읽습니까? (중복 가능)

□ 유아/어린이　□ 청소년　□ 여행　□ 가정/요리/뷰티

□ 건강/취미/레저　□ 잡지　□ 만화　□ 소설/시/희곡

□ 에세이　□ 인문학　□ 사회과학　□ 역사

□ 예술/대중문화　□ 과학　□ 종교/역학　□ 경제경영

□ 자기계발　□ 외국어　□ 컴퓨터/모바일　□ 수험서/자격증

5-1. 소설/시/희곡 중에서는 어느 것을 주로 읽습니까?

□ 소설　　　　　□ 시　　　　　□ 희곡

5-2. 소설을 읽는다면, 어느 것을 주로 읽습니까?

□ 장편 소설　　　□ 단편 소설　　□ 짧은 소설

5-3. 소설을 읽는다면, 1회에 어느 정도 읽습니까?

□ 단편 소설 1편　　□ 단편 소설 2편　　□ 단편 소설 3편 이상

□ 단편 소설집 1권　□ 장편 소설 1권　　□ 장편 소설 2권 이상

□ 짧은 소설 1편　　□ 짧은 소설 1편 이상　□ 짧은 소설집 1권 이상

6. 책을 읽은 뒤 기록을 합니까?

□ 예　　　　　　□ 아니오

6-1. 기록을 한다면 어떤 방식으로 합니까?

□ 독서 노트　　　□ 독서 어플　　　□ 메모장

□ 컴퓨터(한글, 워드 등)　　　　　□ 기타 (　　　　　　　　　)

6-2. 기록을 하지 않는다면, 그 이유는 무엇입니까?

□ 귀찮아서　　　□ 시간이 없어서　　□ 의미 없다고 생각해서

□ 재미없어서　　□ 기타 (　　　　　　)

내가 작성한 문진표는 아래와 같다.

독서 건강 검진 문진표

1. 평소의 독서 습관은 어떠합니까?

☐ 거의 읽지 않는다.　　☐ 월 2~3회　　☐ 일주일에 1~2회

☐ 일주일에 3~4회　　☒ 거의 매일 읽는다.

2. 1회에 독서 시간을 얼마나 씁니까?

☐ 10분 이하　　☐ 30분　　☐ 1~2시간

☐ 2~3시간　　☒ 3시간 이상

3. 평소에 책을 읽는다면 1회에 어느 정도 읽습니까?

☐ 단행본 1/3 이하　　☐ 단행본 1/3　　☐ 단행본 1/2

☐ 단행본 1권　　☒ 단행본 2권　　☐ 단행본 3권 이상

4. 주로 독서를 하는 장소는 어디입니까? (중복 가능)

☒ 집　　☐ 직장　　☒ 카페

☐ 야외　　☒ 대중교통　　☐ 기타 (　　　　　)

5. 주로 어떤 분야의 책을 읽습니까? (중복 가능)

☐ 유아/어린이　　☐ 청소년　　☐ 여행　　☐ 가정/요리/뷰티

☐ 건강/취미/레저　　☒ 잡지　　☒ 만화　　☒ 소설/시/희곡

☒ 에세이　　☒ 인문학　　☐ 사회과학　　☐ 역사

☒ 예술/대중문화　　☐ 과학　　☐ 종교/역학　　☐ 경제경영

☐ 자기계발　　☐ 외국어　　☐ 컴퓨터/모바일　　☐ 수험서/자격증

5-1. 소설/시/희곡 중에서는 어느 것을 주로 읽습니까?

☒ 소설　　　　　☐ 시　　　　　☐ 희곡

5-2. 소설을 읽는다면, 어느 것을 주로 읽습니까?

☒ 장편 소설　　☐ 단편 소설　　☐ 짧은 소설

5-3. 소설을 읽는다면, 1회에 어느 정도 읽습니까?

☐ 단편 소설 1편　☒ 단편 소설 2편　☐ 단편 소설 3편 이상

☐ 단편 소설집 1권　☒ 장편 소설 1권　☐ 장편 소설 2권 이상

☐ 짧은 소설 1편　☐ 짧은 소설 1편 이상　☐ 짧은 소설집 1권 이상

6. 책을 읽은 뒤 기록을 합니까?

☒ 예　　　　　☐ 아니오

6-1. 기록을 한다면 어떤 방식으로 합니까?

☒ 독서 노트　　☐ 독서 어플　　☐ 메모장

☐ 컴퓨터(한글, 워드 등)　　☐ 기타 (　　　　　　)

6-2. 기록을 하지 않는다면, 그 이유는 무엇입니까?

☐ 귀찮아서　　☐ 시간이 없어서　　☐ 의미 없다고 생각해서

☐ 재미없어서　☐ 기타 (　　　　)

나는 알고 보니 장편 소설 편독가였다. 책을 거의 매일 읽지만 장편 소설만 골라 읽는 대독가이자 폭독가였다. 책을 쌓아 놓고 읽기를 좋아하는데 쉬는 날에 소설을 읽을 때에도 장편 소설 위주로 골랐고, 과제나 연구를 할 때도 장편 소설 위주로 했다. 세미나나 스터디에서도 장편 소설을 함께 읽자고 제안했다. ("제가 요새 관심 있는 (장편) 소설이 있는데요…….) 누가 소설을 추천해 달라고 하면 한동안『고래』등의 장편 소설이나, 더 짧은 것으로는『백의 그림자』처럼 경장편 소설 위주로 말해 주었다. 수상 작품집도 많이 읽는데 그것조차 한겨레문학상, 세계문학상, 창비장편소설상, 문학동네소설상, 황산벌청년문학상 등 장편 소설 공모전 당선작 위주였다.

그뿐만이 아니었다. 학창 시절에는 '나만의 챌린지'처럼 방학 때마다 대하소설 읽기에 도전했다.『토지』,『혼불』,『태백산맥』,『아리랑』,『한강』등의 대하소설만 골라서 읽었던 것이다. 당시에 '제2의 집'처럼 매일같이 드나들던 청소년독서실에 작은 서가가 있었는데, 작은 칸의 한 면을 꽉 메운 대하소설들이 멋있어 보였다. 대하소설의 마지막 권을 빌려 갈 때에는 대여 장부에 적힌 내 이름을 보고 작은 희열을 느꼈다. 종종 신간들도 들어와서 독서실은 그야말로 즐거운 '독서'를 위한 공간이 되었다. 그 당시에 독서실 직원이었던 친한 지인이 고심해 채운 소중한 서가에서 맛있어 보이는 장편 소설들을 쏙쏙 뽑아 먹었다. 독서실에는 대부분 시험 준비를 하러 오다 보니 사무실 안에 있는 서가의 존재를 모르거나 모른 척하는 사람이 많았는데, 나는 몇 안 되는 단골이었다.

이러니 단편 소설집보다는 장편 소설의 완독률이 높을 수밖에 없었다. 단편 소설집은 한두 편씩 뽑아 읽고 미뤄 둔 것들이 많아 완독이라고 부르기 애매했다. 쓰는 것도 마찬가지였다. 어쩐지 단편 소설을 쓸 때마다 인물이 많이 등장하더라니. 못 참고 인물을 한 명 두 명 집어넣다가 '아, 이건 장편 소설로 불려야겠다'라고 생각한 적이 한두 번이 아니었다. 읽는 것도, 쓰는 것도 철저히 장편 소설 위주였다. 독서 건강 검진을 해보니 뼈저리게 알게 되었다. 장편 소설처럼 긴 글을 읽어야 독서의 보람과 성취감이 더욱 높을 거라고 생각했었다. 장편 소설을 많이 읽은 것이 자랑처럼 여겨지는 선입견을 갖고 있었다. 호흡이 길고 인물들이 많이 나오며 서사가 풍부한 소설이 취향이었다. 한결같이 그랬다.

장편 소설 편독가로 사는 게 뭐 어때서?

이렇게 생각할 수도 있겠다. 좋아하는 것만 읽고 살기에도 사실 인생은 짧고 시간은 늘 부족하다. 그런데 그러기는 싫었다. 장편 소설 외의 것들을 추천하지 않은 이유를 평소에 잘 읽지 않았다는 쉬운 말로 눙치기 싫었다. 단편 소설을 잘 안 읽어서요. 짧은 소설을 읽어 본 적이 없어서요. 얼마나 쉬운 변명인가. 해보지도 않고 취향이나 경험을 한정하기는 싫었다. 많이 접한 것을 취향이라 생각하고 다른 것은 시도도 하지 않는다면 결국 나의 세계는 좁아질 것 같았다. 때로는 읽기 싫은 것도 '균형 잡힌 독서 건강'을 위해 필요할지도 몰랐다.

같은 일을 반복하기 싫어하는데, 이는 반대로 말하면 새로운 일을 하고 새로운 영역에 도전하는 것을 좋아한다는 뜻이기도 하다. 독서는 그동안 삶의 일부라고 여겨 모험을 할 생각을 하지 않았는데 알고 보니 같은 패턴을 반복하고 있었다. 경험을 넓힐 필요가 있었다. 누가 시켜서 읽는 거 말고, 스스로 미지의 영역에 발을 디뎌 보는 것이다. 장편소설이나 대하소설에 도전하는 것이 누군가에게는 모험이겠지만 나에게 모험이란 익숙한 취향과 이끌림을 벗어나서, 귀찮음을 무릅쓰고 일부러 평소에 안 읽던 책들을 찾아 나서는 것이다. 그래서 떠나기로 했다. 손에 잡히는 대로, 손에 잡히는 것만 읽는 것이 아니라 누군가가 건네주는 새로운 책을 손에 쥐어 보는 모험의 세계로. 이때 선택한 것이 짧은 소설이었다. 장편 소설과 가장 거리가 멀어 보이는 것이자, 알게 모르게 그동안 건너뛰었던 장르이기도 했다. 그 세계에 조금씩 다가가 보기로 했다.

홀로 찾기의 기쁨과 슬픔

먼저 홀로 짧은 소설을 찾아다니기 시작했다. 평소의 습관을 깨기란 쉽지 않았다. 주저하는 마음이 오래갔다. 집에 있는 책들을 둘러보았다. 이사를 할 때마다 이삿짐 센터 직원들의 원성을 들었을 만큼 집에 책이 많다. 빈 벽이 없을 정도로 사방을 책장으로 두른 뒤에도 전면 책장, 북엔드, 수납함 등 여러 사무용품을 사용해서 책들을 모셔 둔다. 이제 꽂을 자리가 없어 책을 이중으로 꽂아 두거나 가로로 쌓아 두기도 한다. 심지어 예전에 샀던 책을 못 찾아서 똑같은 책을 새로 산 적도 있다……. 그런데 그 많은 책 중에 짧은 소설 단행본이 없었다. 의식적으로든, 무의식적으로든 사지 않던 영역이었다. 도서관에서 그동안 신청했던 희망 도서 신청 목록과 대여 목록을 살펴보았다. 역시 짧은 소설은 없었다. 철저하게 관심 밖으로 밀려나 있었던 것이다.

그동안 샀던 책들 중 단행본이 아니더라도, 수록작 중에 짧은 소설이 있는지 찾아보았다. 그나마 평소에 『심판』, 『소송』 등의 장편 소설을 좋아해서(역시나 장편 소설 취향이다.) 함께 사 놓았던 카프카 단편집 정도만 보였다. 한국 소설 중에서 단편 소설집부터 뒤져 보기 시작했다. 단편 소설집에 짧은 소설이 간혹 실리기 때문이다. 아예 없지는 않았다. 박완서의 「나의 웬수덩어리」(『그 여자네 집』), 박선우의 「소원한 사이」(『우리는 같은 곳에서』), 장류진의 「백한 번째 이력서와 첫 번째 출근길」(『일의 기쁨과 슬픔』) 등이 그렇게 찾은 짧은 소설들이다. 짧은 소설을 찾았을 때는 반갑고 기뻤다. 《현대문학》이나 《릿터》 같은 잡지도 보았다. 잡지나 책을 사면 당장 읽지 않더라도 목차는 꼭 읽어 보기 때문에 잡지에 짧은 소설이 있다는 것을 기억하고 있었다. 잡지에는 더 많은 짧은 소설이 실려 있었다. 목차에서 보고도 건너뛰고 다른 것들만 발췌해서 읽었던 것이다. 책에는 다 인연이 있다고 생각해서 신간들을 일단 사 놓은 뒤 내킬 때나 필요할 때 읽기는 하지만, 이건 등잔

밑이 어두운 수준이었다. 눈에서 멀어지면 마음에서도 멀어지는 것이 아니라, 마음에서 멀어지니 눈에서도 멀어진 꼴이다.

이래서야 짧은 소설을 몇 개 못 건질 것 같았다. 새로운 목록이 필요했다. 그래서 집 안의 익숙한 서가를 벗어나 도서관에 출동했다. 보통은 필요한 자료가 있을 때 가는 편인데 일부러 사전에 아무것도 검색하지 않았다. 그런데 여기에도 복병이 있었다. 신착 도서 코너였다. 도서관에 가면 신착 도서부터 훑어보는 버릇이 있는데, 평소처럼 장편 소설만 골라 잡고 있었다. 한 번에 다섯 권씩 빌릴 수 있는데 다섯 권이 죄다 장편 소설이다. 집에 사 놓은 게 많은데도 또 장편 소설만 적립되고 있다. 계획을 세워서 새로운 것을 적립할 필요가 있었다. 무작정 뛰어들면 금방 지치고 질릴 것 같았다.

인터넷에서 '짧은 소설', '손바닥 소설', '미니 픽션' 등의 검색어로 검색을 해서 목록을 수집했다. 하지만 또 다른 장벽에 부딪혔다. 프리랜서로서 마감이나 강의 일정이 많은 특성상 의무적으로 읽어야 하는 책부터 읽게 된다는 것이다. 쓰고 싶은 글보다는 써야 하는 글 위주로 돌아가는 일상이 가끔 슬픈데, 독서 역시 마찬가지다. 읽고 싶은 책들은 서점에서처럼 전면 책장에 예쁘게 전시되어 있고, 작업이 전투적으로 이루어지는 책상에는 당장 읽어야 하는 책들만 가득 쌓여 있다. 기껏 찾은 목록들은 장바구니에만 있거나 머릿속에만 입력된 채 잊혔다. 한없이 미루어진 목록들은 그렇게 점점 떠내려갔고, 실연당한 사람처럼 시련에 처했다. 자발적인 모험이었지만 이렇게 생산성이 없다면 허

무한 방랑밖에는 되지 않을 것 같았다. 아무도 모르는 홀로 찾기 과정이었기에 시작하는 것도 자유로웠지만 그만두는 것 역시 자유로웠다. 포기를 마음먹기까지 걸리는 시간도 빨랐다. 역시 나를 너무 많이 믿으면 안 된다. 강제성이 필요했다.

책읽기에도 동료가 필요해

짧은 소설 홀로 찾기는 처절하게 실패했다. 새해 계획을 세우거나 새 다짐을 할 때 몰래 간직하기보다는 주변에 쩌렁쩌렁 알려야 책임감을 느껴 실행 가능성이 높아지듯이, 너무 비밀스럽게 하면 안 될 것 같았다. 혼자서는 편독을 고치기 힘들 것 같아 짧은 소설 읽는 모임을 찾아보기로 했다. 사실 짧은 소설 모임은 거의 본 적도 없고, 주변에서 참여하는 사람도 없었다. 짧은 소설을 모임을 통해 읽어야 한다는 생각도 해본 적이 없었다. 분량이 짧으니 필요한 때가 되면 후루룩 읽을 수 있겠지, 하고 안일하게 생각했다. 분량과 깊이를 동일시한 오류를 잘도 범한 것이다. 물론 다른 급한 책들에 밀려 그런 기회는 오지 않았다. 이번 기회에 발을 들여 보고 싶었다. 짧은 소설에 관한 경험은 각각 다를 테니 그러한 경험을 나누는 일도 좋을 것 같았다.

인터넷에서 '독서 모임'을 검색해 살펴보았다. 평소에 이웃으로 추가한 독서 모임 리더들의 블로그도 훑어보았다. 장편 소설을 대상으로 하는 독서 모임이 많았다. 아무래도 두꺼운 책(소위 벽돌책이라고 하는, 진입 장벽이 높은 책들)은 혼자서 완독하기 어려우니 그럴 만도 했다. 물론 그런 모임도 의미가 있겠지만, 나에게는 좀 더 차별화된 모임이 필요했다. 기존에 읽었던 책들과 장르와 대상이 겹치는 장편 소설 모임은 제외했다. 혼자서도 읽을 수 있는 책보다는 손이 잘 가지 않았던 책들을 모임을 통해 읽으면 좋을 것 같았다.

한참 찾다가 드디어 짧은 소설 모임을 발견했다. 예전에 단편 소설 읽기 모임을 했던 곳에서 '짧은 소설 발견하기'라는 모임의 회원을 새로 모집하고 있었던 것이다. 새로운 곳을 찾아야 한다는 강박 때문에 가 보지 않았던 모임들만 둘러보고 있었는데 가까운 곳에 길이 있었다. 신청서를 낼지 말지 잠깐 고민했지만 그 고민은 오래가지 않았다. 모집 글을 보고 오랜만에 가슴이 뛰는 경험을 했기에 그 느낌을 믿어 보기로 했다. 때는 바야흐로 코로나가 창궐한 2020년. 어리둥절할 정도로 모든 모임과 교류가 차단된 시기였다. 비대면 상황이라고 해도 일이 줄어든 것이 아니라 오히려 신경 쓸 것이 늘어나서, 일에 허덕이다가 날짜와 요일도 헷갈리는 나날들을 보내다 보면 '나는 누구고 여기는 어디인가'라는 대혼란에 빠지곤 했다. 사람들을 만나지 못하니 번아웃이 더 자주 오기도 했다. 이러한 상황에서 새로운 관계와 새로운 활동, 새로운 만남은 그 자체로 활력을 주었다. 드디어 같은 목표를 갖고 나아가는 '동료들'이 생기는 것이다!

코로나 상황에서 시작된 모임이라 오프라인의 역동성을 느끼기는 어려웠지만, 줌을 통해 온라인으로 매체가 달라지는 경험도 했다. 공간의 한계를 극복할 수 있다는 점에서는 오프라인보다 확장된 모임 같기도 했다. 무엇보다 비대면 상황에서 무기력해졌을 때 이 주에 한 번씩 하는 정기적인 모임 덕분에 에너지가 생겼다. 매일 의무적인 일이나 공부만 하느라 '나의 것'을 만드는 기분을 잘 느끼지 못했는데 짧은 소설을 읽고 이야기하면서 나의 생각과 언어를 다듬는 경험을 하게 되었다.

함께 읽을 책을 그때그때 같이 결정하는 것도 재미있었다. 한 학기나 일 년 단위로 커리큘럼이 완성된 채 시작한 것이 아니어서 큰 그림을 그리기는 어려웠지만, 그만큼 열려 있는 변수들이 기대감을 주었다. 어떤 것을 함께 읽고 싶은지 생각하면서 탐색을 열심히 할수록 모임의 안팎이 풍부해졌다. 나도 '다음엔 뭐 읽지?'를 자주 고민했고, 그 고민의 결과로 내가 제안한 책을 함께 읽을 때 즐거웠다. 다른 사람들이 추천해 준 책들의 목록을 쌓으면서 풍요로움도 느꼈다. 그동안 쭉 비어 있던 짧은 소설 곳간이 점점 차기 시작했다. 지금까지는 거의 국내 소설만 읽었는데 해외의 짧은 소설들을 읽으면서 사키나 로드 던세이니 등 새로운 해외 작가들의 목록과 카프카나 에드거 앨런 포 등 기존에 알던 작가들의 새 작품 목록을 업데이트할 수 있었다.

짧은 소설 모임은 지도가 미리 만들어져 있는 것이 아니라, 그 지도를 함께 만들어 나간다는 점이 매력적이었다. 특히 큐레이션 전시를 하거나 짧은 소설 관련 공저를 내는 등 공동의 프로젝트를 통해 일상을 탈출하는 색다른 체험도 하게 되었다. 관계와 만남들이 단절되어서 우울해했는데 모임을 통해 관심사가 비슷한 사람들을 만나 시너지 효과를 낼 수 있었다. 역시, 책읽기에도 동료가 필요하다.

짧은 소설 모임에서 얻은 것

벼락 독서의 묘미

차 한 잔 마시면서 담소를 나누듯, 맛있는 디저트 한입을 곁들이듯 짬 같기도 하고 쉼표 같기도 한 짧은소설연구모임을 일 년 넘게 하다 보니 기분 좋은 관성이 되었다. 모든 활동이 비대면으로 전환된 뒤 독서를 많이 할 줄 알았는데, 매일 비슷한 일정 속에서 물감이 맥없이 물에 풀려 버리는 듯한 나날들만 보내고 있었다. 이럴 때일수록 모임이 더욱 필요하다는 생각이 들었다. 장기간으로 지속성이 있으면서도 매번의 모임에는 부담이 없을수록 더 좋을 것 같았다. 이러한 상황에 딱 맞는 모임이 짧은소설연구모임이었다.

사실 이 주에 한 번씩, 같은 시간에 모여서 모임을 하기가 쉽지만은 않았다. 모임의 구성원들 모두 일과 공부를 병행하면서 바쁜 삶을 살고 있었기 때문이다. 나 역시 일복과 공부복이 터져 한창 바쁜 시기여서 끝까지 갈 수 있을지 걱정이 되었다. 하지만 모임이 막상 시작되자 부담이 덜했다. 벼락치기가 가능했기 때문이다. 일반적인 독서 모임에서 가장 경계하거나 주의해야 할 점 중의 하나가 모임에서 읽을 책을 벼락치기하는 것일 텐데, 짧은소설연구모임에서는 오히려 벼락치기를 할 수 있는 것이 장점이 되었다. 작품의 길이가 짧아서 읽는 속도도 빠르고 시간도 단축되었기 때문이다.

카프카의 소설 중에는 「이웃 마을」이나 「큰 소음」, 「마틀라르하차로부터」처럼 한 페이지, 심지어 반 페이지밖에 안 되는 소설들도 있다. '쪽 독서'의 느낌이다. 속독이 가능한 사람들은 글이 아니라 그림처럼 눈으로 한 번에 스캔해서 읽을 수 있을 정도로 짧다. 마음산책 시리즈의 경우에는 중간중간에 일러스트가 많아 전시를 관람하는 듯한 느낌이 들기도 했다. 함부로 권할 수도 없고 좋은 습관이라고 할 수도 없지만, 책을 미리 읽기보다는 모임이 임박했을 때 읽는 편이다. 미리 읽으면 내용이 잘 생각나지 않기도 하고 읽을 때 집중력이나 긴장감이 덜하기 때문이다. 그래서 벼락 독서로 빠르게 끝낼 수 있는 짧은 소설은 무척 매력적이었다.

지키기 쉬운 약속들

이는 나아가 '지키기 쉬운 약속들'을 가능하게 했다. 모임이 장기적으로 유지되기 어려운 이유 중 하나가 책을 읽는 게 버거워서 불참하는 사람들이 생기기 때문인데, 짧은 소설은 읽기가 어렵지 않다 보니 상대적으로 가벼운 약속이 된다. 따라서 완독률이 높고, 불참하거나 중도에 하차하는 경우도 훨씬 적다. 결원이 생기면 아무래도 모임의 분위기가 처지거나 남은 사람들의 힘이 빠지게 되는데, 이러한 장점은 약속을 지킬 수 있다는 자신감을 키워 주었다. 또한 할 일을 추가한다는 의무감의 무게를 없는 것이 아니라 무미건조한 일상에 들어오는 이벤트처럼 느껴졌다.

학창 시절에 수능을 준비할 때, 주요 시간에 강의를 듣거나 문제 풀이를 하고 등하굣길 등의 자투리 시간에 영어 단어를 외우라는 조언을 많이 들었을 것이다. 짧은 소설은 일부러 시간을 따로 내서 읽어야 한다는 부담을 가질 필요가 없고 자투리 시간을 이용한 독서를 가능하게 했다. 영어 단어를 외우는 시간만큼의 품을 들이면 된다. 하루에 몇 개씩이라도 영어 단어를 외우다 보면 단어들이 쌓이듯이, 쪽글이나 조각글 같은 짧은 소설을 짬짬이 읽다 보니 어느새 책탑이 되었다. 시나브로의 독서, 모르는 사이에 조금씩 읽은 것들이 쌓이는 독서가 가능하다. 티끌 모아 태산이 아니라 '짧은 소설 모아 책탑'이 되는 것이다. 그렇게 일 년 정도 지나자, 생각 이상으로 성취감이 높아졌다.

최소의 독서

'이렇게 읽기 편하고 쉬운 짧은 소설이라면 그냥 혼자 읽어도 되지 않을까?'

이런 의문이 생길 수도 있다. 그러나 함정에 빠지면 안 된다. 짧다고 쉬운 작품들만 있지는 않았다. 카프카의 작품들은 난해하기가 최고조라 읽기 자체가 모험이라서 모두 머리를 싸매면서 읽었다. 최정화의 작품들은 모호하여 해석의 여지가 많았다. 이런 작품들은 모임을 통해 생각을 나누니 이해가 잘되었다. 나쓰메 소세키의 작품들은 예전에는 마냥 좋다고만 생각했는데 다시 읽어 보니 시대착오적인 부분들도 있었다. 오 헨리의 작품은 「마지막 잎새」나 「크리스마스 선물」만 알고 있었는데 「사회적 삼각관계」처럼 사회 비판적인 작품도 있다는 것을 알게 되었다. 사키라는 매력적인 작가를 알게 된 것도 큰 수확이다. 짧은 소설을 모은 한 권의 책을 나누어 발제하는 느슨한 책임감은 '나'만 있는 것이 아니라 '우리'가 있다는 생각도 놓치지 않게 했다.

또한 짧은 소설이 여러 편 있다 보니 혼자 읽다 보면 물리기 쉬운데 모임을 하면 다채로운 색이 입혀진다. 짧은 소설이 모인 앤솔로지는 한바탕의 축제이다. 이제까지 몰랐던 작가들의 작품을 알게 되는 계기도 되고, 알았던 작가들의 색다른 모습도 볼 수 있다. 다양한 작품 중에서 취향에 따라 '최애' 작품이 달라지는 재미도 있었다. 좋아하는 작품이 겹칠 경우에는 기쁘고, 다를 경우에는 흥미로웠다.

매번 밀도 있는 모임이 기억에 남고 의미가 있을 수도 있지만, 단거리 달리기를 너무 자주 하다 보면 지칠 수도 있다. 페이스 조절을 하면서 장거리로 오래 가기 위해서는 매 순간 너무 긴장하기보다는 이완의 순간들을 많이 넣는 것이 좋다. 짧은 소설 중에서 카프카처럼 어려운 작품도 있고 이기호나 정이현, 오 헨리처럼 쉬운 작품도 있으니 적절하게 섞으면 페이스가 조절된다. 이렇게 페이스를 조절하기도 좋을 뿐만 아니라 필사하기도, 낭독하기도 좋은 짧은 소설은 '최소의 독서'로서 독서 자체를 포기하지 않게 해 주었다. 덕분에 일상에 조금씩 스며들도록, 무리하지 않는 독서 근육을 조금씩 기를 수 있게 되었다.

오늘의 책단표, 짧은 소설

　독서 건강 검진 문진표를 작성하면서 알게 된 나의 캐릭터, '장편 소설 편독가'를 생각해 본다. 편독 상태에서 멈춰 있지 않고 짧은 소설을 향한 모험을 떠난 캐릭터이다. 칼과 방패를 들고 커다란 봇짐을 멘 모습이 떠오른다. 미지의 서가에서 짧은 소설을 찾아다니는 모습은 우거진 수풀을 칼로 헤치면서 나아가는 모습 같았다. 때로 읽기 싫은 작품도 있었고 유명한 작가의 작품이지만 별로라 실망한 적도 있었는데 그만 읽고 싶은 마음을 방패로 막으며 '끝까지 읽는' 완독에 집중했다. 싫다고 해서 내던지기보다는 완독을 한 작품들이 쌓일 때 문학을 보는 눈도 생긴다는 것을 알고 있기 때문이다. 봇짐에는 유형과 무형의 수확물들을 차곡차곡 넣었다. 앞에서 말한 세 가지 수확물은 무형의 것들이고, 그동안 읽은 짧은 소설 책들은 유형의 것들이다. 격주로 한 달에 두 번씩, 일 년 넘게 읽다 보니 목록이 많이 쌓였다.
　같이 읽은 목록뿐만 아니라 나만의 목록을 만드는 재미도 있었다. 동료들과 함께, 짧은 소설 모임을 통해 '따로 또 같이'의 재미를 느꼈다. 모임에서 함께 읽을 책을 찾기 위해 모임 때 외에도 짧은 소설에 관심을 두는 시간이 많아졌다. 수시로 서점 사이트에 들어가서 소설 목록을 보는데 짧은 소설 신간이 보이면 일단 무조건 장바구니에 담는다. 그렇게 산 책도 많고, 신간 알림에도 짧은 소설 관련 목록을 추가했다. 도서관에서도 짧은 소설들을 검색하기 시작해서 희망 도서도 신청했다. 희망 도서 목록에 새로운 영역이 들어오니 독서 경험이 풍부해졌다는 것을 눈으로도 확인할 수 있었다. 문학 잡지에서 건너뛰었던 짧은 소설들도 몰아서 읽기 시작했다. 짧은 소설을 보기 위해《현대문학》이나《릿터》같은 잡지를 꾸준히 사기도 했다. 동료들과 함께하지 않았다면 이 모든 일을 이렇게 시간을 내서 열심히 하지 않았을 것이다. 언제나 '시간에 쫓긴다'라는 말을 입에 달고 사니 말이다.

양이 질을 담보할 수는 없으므로 목록에 속해 있는 작품들이 모두 만족스럽지는 않았다. 짧은 소설에만 한정되지 않는, 어쩔 수 없는 한계이기도 하다. 그러나 짧은 소설 중에서도 보석 같은 작품이 종종 보였다. 목공예나 뜨개질 작품의 크기가 작다고 해서 완성도가 떨어지지 않듯이, 옥석을 발견하는 재미는 일종의 미션처럼 도전하고 싶은 욕구를 불러일으켰다. 또한 매번 새로운 책을 발굴하고 꾸준히 읽어 나간다는 것도 중요했다. 이는 그 자체로 모임을 계속하는 큰 원동력이 되었다. 다양한 경험을 한다는 점에서 모든 시도들이 좋았다. 모임에서 짧은 소설을 몇몇 작가나 종류에만 한정하지 않고 국내외, 수상작품집, 앤솔로지, 단행본, 잡지 등을 두루두루 읽은 것이 '편독가 캐릭터'의 경험치를 높이는 데 도움이 되었다.

이제 나의 서가와 독서 노트에는 짧은 소설이 많다. 짧은 소설이 모여 있는 칸을 보니 흐뭇하다. 하고 싶은 일들도 생겼다. 앞으로 짧은 소설 감상을 모은 독서 노트를 쓰거나, 짧은 소설 서평 쓰기도 해볼 것이다. 과제나 연구 등의 대상에 짧은 소설을 추가하면서 결과물을 정리하는 작업도 시도할 수 있게 되었다. '오늘 뭐 먹지?'라는 식단 고민을 매일 하듯이 '오늘 뭐 읽지?'라는 질문을 매일 하는데, 이에 대한 답이 다채로워져 좋다. 일간, 주간, 월간 식단표를 짜듯이 '책단표'를 짜는 일이 기대된다. '지나간 끼니는 돌아오지 않는다'라는 생각으로 다양한 식단을 짜는 것을 즐기는데, 짧은 소설이 포함되면서 책단 역시 '지나간 책은 돌아오지 않는다'라는 생각으로 다양하게 짤 수 있게 되었다. 영양사가 영양소의 균형을 고려하며 식단을 짜듯이, 독서의 균형을 고민하면서 더 넓어진 선택의 폭을 즐겨야겠다.

오늘도 나는 나에게 묻는다. '오늘 뭐 읽지?'

오늘은, 짧은 소설을 읽을 것이다.

2장

짧은 소설을 읽는 다섯 가지 방법

이재은

정희, 「돼지꿈」 백수린, 「아무 일도 없는 밤」, 이재은, 「1인가구 특별동거법」 로드 연재, ●●●● 교환

희」 김금희, 「오직 그 소년과 소녀만이」 에드거 앨런 포, 「윌리엄 윌슨」 이승우, 「향화 혹은 숙임수」 가

바타 야스나리, 「양지」 안톤 체호프, 「고독한 그리움」 데이먼 러니언, 「약속 불이행」 김미월, 「석훈에게」 레

이먼드 카버, 「통보」 성석제, 「되면 한다」 박선우, 「소원한 사이」 정이현, 「비밀의 화원」 최은영, 「호시절」

데이먼 러니언, 「브로드웨이의 금융업자」 정용준, 「종이들」 장류진, 「백한 번째 이력서와 첫 번째 출근길」

완서, 「나의 웬수덩어리」 데이비드 욘손, 「이른 봄」 쿠르트 쿠쟁베르크, 「좀 색다른 짓」 기 드 모파상, 「전

비화」 최지애, 「방과 방 사이」 데이먼 러니언, 「부치, 아기를 보다」 버지니아 울프, 「불가사의한 미스 V의

이스」 김금희, 「감사 인사」 토베 얀손, 「두 손 가벼운 여행」 오 헨리, 「이십 년 후에」 프란츠 카프카, 「양동

를 탄 사나이」 나쓰메 소세키, 「화토」 에드거 앨런 포, 「아론티야도 술통」 오라시오 키로가, 「엘 솔라라리

」 심아진, 「결전」 클라리시 리스펙토르, 「달걀과 닭」 권여선, 「나쁜음자리표」 사키, 「토버모리」 김멜라, 「

정말 흥미로운 책을 만나면 누군가에게 소개하고 싶어진다. "진짜 좋아, 너도 한 번 읽어 봐." 얼마나 좋길래 추천하는 건지 궁금한 상대는 "뭐가 그렇게 좋은데?" 묻는다.

줄거리를 읊고, 인상 깊었던 점을 언급하는가. 인물의 성격과 행동을 묘사하고 작가가 드러내고자 하는 메시지를 유추한 다음 자신의 감상을 구체적으로 전하는가. 그렇다면 당신은 이 글을 읽지 않아도 된다. 이미 '한 걸음 더 들어간' 독서를 하고 있으니까.

내 생각을 말하고 싶은데 어떻게 해야 할지 어렵게 느껴진다면, "그 책 별로더라." 또는 "읽어 보면 알아." 이상의 감상을 전하고 싶은데 방법을 모르겠다면 이 글이 도움이 될 것이다.

천천히 읽기, 다시 읽기, 함께 읽기, 필사로 읽기, 네 가지 질문으로 읽기 등 다섯 가지 독서법을 아우르는 단어는 '깊이 읽기'다. 깊이 읽기는 줄거리를 파악하는 데 치중하지 않고 내게 다가온 이야기를 받아들이는 것이다. 여기서의 '받아들임'은 기쁨과 행복과 위안뿐 아니라 질문, 고통, 놀람, 자극일 수 있다.

카프카의 그 유명한 문장을 다시 만나 보자.

1904년 겨울, 카프카는 신열이 올라 몇 시간을 소파에서 비몽사몽으로 있다가 친구 오스카 폴락에게 다음과 같은 편지를 썼다.

> 사람들은 자신을 물어뜯고 콕콕 찌르는 책만 읽어야 할 것이네. 우리가 읽는 책이 머리를 한 대 치듯 자신을 각성시키지 않는다면 읽어봤자 그 무슨 소용이 있겠나? 자네가 책을 쓰는 이유처럼 우리를 행복하게 하려고? 맙소사, 책이 없더라도 우리는 여전히 행복할 수도 있지 않나. 그리고 엄밀히 말해서 우리를 행복하게 만들어 주는 책은 우리가 직접 쓸 수도 있지 않겠나. 하지만 우리에게 필요한 책은 우리에게 영향을 미칠 수 있는 그런 책이네. (…) 책은 우리 내면의 얼어붙은 바다를 깨는 도끼가 될 수 있어야 하네. 이것이 바로 내가 믿는 바이네.
>
> _ 레진 드탕벨, 『우리의 고통을 이해하는 책들』, 문혜영 옮김, 펄북스, 2017, 86쪽.

'짧은 소설을 읽는 다섯 가지 방법'이란 타이틀을 달았지만 사실 이 글은 짧은 소설을 포함한 모든 독서에 활용할 수 있다.

천천히 읽기

히라노 게이치로는 『책을 읽는 방법』에서 '슬로 리딩' 독서법을 강조한다. 한 권의 책을 가치 있는 것으로 만드느냐 아니냐는 읽는 방법에 달려 있다고 하면서 낯선 지방을 한두 시간 만에 휙 돌아보는 것과 며칠간 머무르면서 꼼꼼히 돌아보는 일을 비교한다. 당연하게도 '휙'과 '꼼꼼히'의 여행에서 얻은 도시의 인상과 지식의 양은 다를 수밖에 없다.

대부분의 작가는 세심한 사유, 개성 있는 어휘, 의미심장한 비유 등을 고민하면서 글을 쓴다. 하지만 여유 없이 시간에 쫓기는 사람이라면 작은 것을 놓친 채 큰 것만 기억할지도 모른다. 나무가 있었고(어떤 나무지?), 공룡이 나왔고(얼마나 크고 어떤 특징을 가졌지?), 세상이 멸망했다(멸망하게 된 사건에는 어떤 의미가 있지?) 등등만 말이다.

빠르게 읽는 것을 목적으로 하면 독서를 통한 성찰과 세상을 보는 관점의 확장은커녕 오히려 시각이 더 편협해질지도 모른다. 탐구와 사유의 자리를 마련하지 않으면 어떤 책을 읽어도 '지금까지의 자신'에서 벗어나기 힘들다.

히라노 게이치로는 천천히 독서해야 하는 이유를 '소설의 노이즈'에서 찾는다.

플롯(줄거리)에만 관심이 있는 속독자에게 소설 속의 다양한 묘사와 세세

한 설정들은, 무의미하고 때로는 플롯을 파묻히게 만들어 방해하는 혼입물(混入物)로 느껴질 것이다. 소설에 리얼리티를 부여하기 위한 필요악 정도로 여겨질지도 모른다. 확실히 스피디하게 스토리 전개만 좇아가고자 한다면 그러한 요소들은 노이즈이다. 그러나 소설을 소설답게 만들어주는 것 역시 바로 그 노이즈들이다.

_ 히라노 게이치로, 『책을 읽는 방법』, 김효순 옮김, 문학동네, 2010, 41쪽.

이십 대의 연애를 다룬 작품이 있다고 생각해보자. 친구와 그 이야기를 나누려고 앉았는데 상대가 "드라이브 겸 파주 갔다가 카페 가서 차 마시고 레스토랑에서 저녁 먹고 오는 게 전부 아냐?" 라고 한다면 맥이 빠질 것이다. '그런 류'의 연애도 저마다의 패턴과 사연이 있고, 그에 대한 느낌은 모두 다르기 마련이다.

얼핏 보기에는 상관없을 것 같은 설정이 히라노 게이치로가 말하는 '노이즈'다. 하지만 그 노이즈가 곧 작가의 문체이며 작품의 매력이 된다. 빠르게 일별하는 독서로는 주인공의 사소한 몸짓이나 풍경의 디테일을 알기 어렵다. 연애처럼 몇 번이고 되풀이되어온 주제에서도 다른 것을 찾을 수 있어야만 우리는 그 속에서 문학만이 줄 수 있는 희열을 맛볼 수 있다.

최인훈의 「달과 소년병」은 어린 병사가 된 소년의 이야기다.

독립군들은 구역을 정해 매복했다가 왜총독을 잡기로 한다. 조장과 소년은 한 팀이 되어 망을 보다가 그들이 감시하는 부대의 왜병들이

근처 초등학교 학생들과 어울리는 장면을 목격한다. 소년은 자기 또래 아이들이 자신의 가족을 죽인 왜병과 노는 모습을 보고 충격을 받는다. 어느 날 밤 소년은 꿈에서 왜병을 겨눴다가 군인이 아닌 어린이를 쐈다는 걸 알고 놀라 잠에서 깬다. 그러곤 두려움에 잠들지 못한다.

잠들지 않기 위해서 그는 눈을 크게 뜨고 모닥불을 지켜보았다. 하늘 가운데로 옮아온 달빛으로 구름처럼 웅크린 수풀의 등허리가 하얗게 빛난다. 소년은 달을 올려다보았다. 약간 이지러졌으나 놀랍게 크고 둥근 얼굴이 그를 내려다보고 있었다.

_ 최인훈, 『달과 소년병』, 문학과지성사, 2019, 579쪽.

소년은 달을 올려다보면서 어머니며 누이, 동생의 얼굴을 떠올린다.
소설에는 달빛을 표현하는 아름다운 문장이 많다. 모닥불의 붉은 불길이 거기서만 달빛을 그슬리고 있었다든가, 그리운 얼굴을 놓치고 싶지 않아서 지칠 줄 모르고 달의 얼굴을 바라봤다든가 하는 등 말이다. 천천히 읽지 않으면 놓칠 수밖에 없는 문학적 수사(修辭)다.
고대 로마의 학자 퀸틸리아누스는 독서를 먹는 행위에 빗댔다.

좀 더 소화가 잘되게 하려고 음식물을 오랫동안 씹는 것처럼 우리가 읽는 것들도 그렇게 해야 한다. 날것으로 머릿속에 통째로 들어가게 해서는 안 되고, 부수고 뺗은 후에야 비로소 기억에 저장되어서 우리가 모방할 수 있는 것이다.

_ 레진 드탕벨,『우리의 고통을 이해하는 책들』, 문혜영 옮김, 펄북스, 2017, 201쪽.

우리에게는 빨리 먹고 삼키는 습관에서 벗어나 오래 씹고 음미하는 독서가 필요하다.

다시 읽기

'때가 있다'는 말이 있다. 무엇을 하는 데 있어 가장 알맞은 시기가 있다는 의미의 관용구다. 하지만 독서에는 이 말이 적용되지 않는다. 때때마다 느낌이 다르기 때문이다. 십 대에 읽은『위대한 게츠비』와 사십 대에 읽은『위대한 게츠비』가 그렇고, 어릴 때 읽은『어린 왕자』와 성인이 돼서 읽은『어린 왕자』가 그렇다.

예전에 재미없다고 생각한 책을 우연히 손에 잡았다가 시간 가는 줄 모르고 빠져들었던 경험은 누구에게나 있을 것이다.

'때'는 물리적인 나이만을 뜻하지 않는다. 자신이 처한 상황이나 심리적, 정신적 상태에 따라 독서의 묘미는 달라진다. 이별한 후에 연애나 사랑 이야기가 가슴에 더 와닿는 것처럼, 아르바이트를 해본 후에야 사회에서의 관계를 다룬 이야기가 사무치게 공감되곤 하는 것처럼 말이다. 오에 겐자부로도 "독서에는 시기가 있다. 책과의 절묘한 만남

2장 짧은 소설을 읽는 다섯 가지 방법 39

을 위해서는 때를 기다려야 하는 경우가 종종 있다."고 말했다.

책과의 만남은 한 번으로 끝나지 않는다. 인연은 생각보다 길며 그것이 언제 어떻게 나타나는지는 아무도 모른다. 흥미롭게 읽은 책을 일 년마다 오 년마다, 십 년마다 다시 읽으면 그 인상의 변화에 따라 생각의 전환이나 사유의 깊이를 확인할 수 있을 것이다. 책에 밑줄을 긋거나 여백에 자신의 의견을 메모해두는 사람이라면 그 흔적을 보며 예전에는 이런 데 감동했었군, 내가 이런 문장에 밑줄을 그었다고? 하며 놀랄 것이다. 책을 통해 한때의 나와 만나는 경험은 카이로스의 시간에서 또 다른 자아와 대면하는 기쁨을 준다.

오 헨리의 「마지막 잎새」가 어떤 내용인지는 다들 알 것이다. 병에 걸린 여자가 겨울 바람에도 떨어지지 않은 마지막 잎새를 보며 희망을 갖는다는 내용이다. 짧은소설연구모임에서 다시 읽었는데 도입부가 매우 인상적이었다.

워싱턴스퀘어 서쪽의 작은 지역은 거리가 제멋대로 얼기설기 얽혀 '플레이스'라고 불리는 좁고 긴 골목길로 쪼개져 있다. 이 '플레이스'들은 기묘하게 기울고 굽어 있어서 어떤 길로 가도 한두 번은 다시 원래 길과 엇갈리게 된다. 일찍이 어느 화가가 이 거리에서 귀중한 가능성 한 가지를 발견했다. 물감이나 종이, 캔버스 대금 청구서를 들고 온 수금원이 이 거리를 돌아다니다가 외상값은 한 푼도 받지 못한 채 원래 자리로 돌아왔다는 사실을 불현듯 발견하게 된다면 어떨까!

그렇게 해서 곧 이 색다르고 오래된 그리니치빌리지로 화가들이 기웃기웃 모여들더니 북향 창문과 18세기풍 박공지붕, 네덜란드식 다락방, 낮은 집세를 찾아 헤매기 시작했다. 그러고 나서 6번가에서 백랍 잔 몇 개와 풍로가 달린 식탁용 냄비 한두 개를 들여와 '예술인 거리'를 형성했다.

납작한 삼 층짜리 벽돌 건물 꼭대기에 수와 존시의 작업실이 있었다. 존시는 조애너의 애칭이었다. 수는 메인 주, 존시는 캘리포니아 주 출신이었다. 두 사람은 8번가에 있는 델모니코 식당의 공용 테이블에서 식사하다가 만났는데, 예술과 치커리 샐러드, 비숍 소매*에 대한 취향이 아주 잘 통한다는 사실을 알고는 공동 작업실을 마련하게 되었다.

그것이 5월의 일이었다. 11월이 되자 의사들이 폐렴이라 부르는 차갑고 눈에 보이지 않는 이방인이 마을을 활보하면서 얼음장 같은 손가락으로 여기저기 사람들을 건드리고 다녔다. 이 약탈자는 건너편 이스트사이드에서는 마구 활개 치고 다니면서 수십 명의 희생자를 덮쳤지만 이 좁고 이끼 낀 '플레이스'의 미로 사이에서는 걸음이 느릿해졌다.

폐렴 씨는 이른바 기사도적인 노신사가 아니었다. 캘리포니아 주의 서풍에 피가 묽어진 가엾고 조그마한 여자는 피로 물든 주먹을 휘두르며 가쁜 숨을 몰아쉬는 늙은 떠돌이가 싸우기에 공정한 상대가 아니었다. 하지만 그가 존시를 덮쳤고, 그녀는 페인트칠한 철제 침대에 옴짝달싹도 못 하고 누워서 작은 네덜란드식 유리창 너머로 옆집의 횅한 벽돌 담벼락만 바라보고 있었다.

*아래쪽이 넓고 손목 부분의 천에 홈질한 뒤 잡아당겨 주름지게 만드는 소매.

_ 오 헨리, 『오 헨리 단편선』, 김희용 옮김, 민음사, 2017, 29~30쪽.

소설은 워싱턴스퀘어 서쪽의 작은 마을을 묘사하면서 시작한다. 좁고 긴 골목길이 미로처럼 얽혀 있는 그곳에 집세가 싼 방을 찾아 화가들이 모여들면서 '예술인 거리'가 형성된다. 식당에서 우연히 만나 취향이 통한다는 것을 알게 된 수와 존시는 공동 작업실을 마련하기로 하고 예술인 거리 삼 층 건물 꼭대기에 방을 얻는다. 그게 5월인데 그해 11월, 거리에 폐렴이 번진다. 오 헨리는 폐렴을 이방인, 약탈자, 폐렴 씨, 늙은 떠돌이로 지칭하거나 전염병을 의인화해 "마을을 활보하면서", "사람들을 건드리고 다녔다", "걸음이 느릿해졌다", "싸우기에 공정한 상대가 아니었다" 같은 문장을 만들어낸다.

스무 줄 안팎의 문장을 읽으며 역시 대가는 대가구나 하는 생각을 했다. 늙은 화가가 밤새 붓을 움직여 완성한 작품을 창밖에 걸어두고, 그림 속의 자연을 진짜 나무라고 오해한 여자가 죽음을 이겨낸다는 이야기도 따뜻한 감상을 주지만, 사실적인 시공간을 설정한 뒤 문학적인 비유로 독자의 시선을 사로잡는 능력에 과연 감탄할 수밖에 없었다. 예전에는 존시가 살았다는 데 안도했다면 이번에 다시 보면서 베어먼 아저씨의 희생과 사랑에 대해서도 한 번 더 생각하게 되었다.

다시 읽기는 작품의 메시지를 지금, 여기에서 다시 '자기 것'으로 만드는 실천이다. 여러 번 들여다볼 때 우리는 좀 더 선명하게 문학을 만날 수 있다.

함께 읽기

좋은 소설은 자아 또는 관계를 살피게 하는 역할을 한다. 과거를 돌아보고 미래를 내다보며, 그 과정에서 자기 자신을 인지하고 강점과 약점을 되새긴다. 몰랐던 타인에 대한 이해와 의미 규정, 정체성에 대한 탐구도 문학 작품을 통해서는 가능하다. 나와 타인이 조우하고 개인과 사회가 어울리며 이 세계와 저 세계가 연결된다.

독서를 크게 두 가지, 기분 전환용 독서(삶을 견디게 해주는 독서)와 역량을 키워주는 독서(글을 쓰게 만드는 독서)로 나눌 수 있을까. 전자는 혼자 할 수 있지만 후자는 함께 해야 가능하다.

흔히 읽기와 쓰기는 혼자 하는 것이라고 여기지만 나는 기회 있을 때마다 읽기도, 쓰기도 함께 하면 더욱 좋다고 강조한다. 일단은 읽고 쓸 자기만의 시간이 필요하겠지만 행위를 넘은 만족에서 더 나아가고 싶다면 같이 읽고 쓸 친구를 만들어야 한다. 나와 다른 의견을 전해주고, 내가 보지 못한 것을 들려줄 동료와 선생님을 찾자.

짧은소설연구모임을 하면서 다수의 국내외 작품을 읽었지만 카프카만큼 난해한 작가는 없었다. 소감을 나눌 때는 보통 짧게 줄거리를 전하고 호오를 드러내기 마련인데 카프카를 다룰 때는 "무슨 말을 하고 싶은지 잘 모르겠다"라는 아쉬움과 어려움이 먼저 쏟아져나왔다.

이를테면 「국도의 아이들」이라는 작품. 이 소설은 현재에서 벗어나고 싶어하는 우울한 아이가 기차가 달리는 것을 본 뒤 집으로 가지 않고 숲속으로 되돌아가는 이야기다. 소년은 왜 숲속으로 갔을까? 결말에 남쪽에 사는 이들은 바보라서 잠을 자지 않는다는 내용이 있는데 소년은 혹시 남쪽으로 갔나? 잠들지 않는 바보를 보러? '바보'라는 단어는 우리가 아는 그 뜻으로 쓴 게 맞나? 작가의 의도를 알 수 없어서 답답했다.

모임원 중 한 분은 '피로'라는 단어가 눈에 들어왔다고 했다. '아이들' 하면 떠오르는 밝고 활기찬 이미지와 달리, 주인공이 피곤한 아이로 설정돼 있는 것이 독특했다면서 고독하고 피로한 자신에 우월감을 갖고 있는 느낌을 받았다고 했다.

또 다른 분은 아이가 왜 그렇게 피곤해하는지 의문이었다고 하면서 현재에서 벗어나거나 경계를 넘어서고자 하는 욕망을 그린 건 아닐까 생각했다고 전했다. 내면의 갈등을 표현하는 묘사가 좋았고, 문장이 세련됐다는 느낌을 받았다고 했다.

누군가가 명확하게 의문을 해소해주지는 않았지만(그런 걸 바랄 수 있을까? 문학 작품은 결과가 아닌 원인이자 질문의 시작이다) 다양한 의견을 들으며 내 생각을 정리할 수 있었다. 혼자였다면 포기했을지도 모를 독서를 '약속'이라는 이유로 해낼 수 있었다. '벽돌책 읽기', '대하소설 읽기'처럼 분량이 많은 책을 골라 읽는 독서 모임도 있던데 이런 편독과 완독도 함께 읽기의 장점이 아닐까.

필사로 읽기

베껴 쓰기에 대한 의견은 사람마다 다르다. 베껴 쓰는 일에 집중하다 보면 '쓰는 일'에 정신이 팔려 내용이나 문장을 파악하기 어렵다고 말하는 사람도 있다. 글자 하나하나, 문장부호에 신경 쓰다 보면 글의 흐름을 놓친다는 것이다.

『태백산맥』을 쓴 조정래는 자신의 작품을 가족에게 필사하게 한 일로 유명하다. 열 권이 넘는 분량을 아들은 물론 며느리에게도 베껴 쓰게 했다. 작가는 필사의 목적과 가치를 이렇게 설명했다. 작품을 통해 분단의 민족사를 바로 알고, 필사를 통해 생각을 글로 표현하는 능력을 키우며, 작품 속 다양한 인간 군상의 행태를 통해 모진 세파를 헤쳐 나갈 지혜를 얻을 수 있다고. 쉽지 않은 작업이지만 어쨌든 베껴 쓰기를 독서의 지극한 경지로 여긴 것은 틀림없다.

나 역시 필사로 많은 것을 배울 수 있다고 생각한다. 하지만 방법 면에서 차이가 있는데 내가 추천하는 필사는 한 편의 글을 모두 옮겨 적는 것이 아닌 부분을 적는 것이다. 전체를 옮기는 일은 장편은 말할 것도 없고 단편이라도 (끝까지 하지 않으면 안 될) '고생스러운 어떤 일'로 치부될 염려가 있기 때문이다.

책을 읽다가 인상적인 부분을 만나면 일부만 시간을 들여 써보길 권한다. 단, 타이핑이 아닌 펜이나 연필로 옮겨 적어야 한다. 손으로 옮겨 적는 일은 눈으로 보는 것과는 달라서 속도에서 차이가 난다. '다른 속도'는 '다른 발견'을 가능하게 해준다. 새로운 곳을 가야 새로운 것을 경험할 수 있고 새로운 사람을 만나야 새로운 세계를 알 수 있듯 타자 치기에 익숙한 눈과 손이 다른 방법을 만나면 그동안 알지 못했던 깨달음을 얻을 수 있다.

베껴 쓰기의 장점은 다음과 같다.

- 반복적으로 쓰이는 어휘에서 작가의 문체를 느낄 수 있다
- 풍경, 행동, 장소, 맛 등을 작가가 어떻게 묘사했는지 구체적으로 알게 된다
- 문장과 문장이 어떻게 연결되는지, 하나의 문단이 만들어지는 과정을 선명하게 파악할 수 있다
- 읽으면서 보지 못했던 눈에 띄는 비유를 만날 수 있다
- 느낌표나 말줄임표, 줄표 사용에 대한 새삼스러운 쓰임을 배울 수 있다
- 쓰기 전에는 알지 못했던 글의 리듬이나 속도를 체험할 수 있다

아래 문장을 옮겨 적으면서 어떤 느낌이 드는지 생각해보자.

종종 나는 많은 주름과 접힘살 그리고 여러 가지 장식이 달린 옷이 아름다운 몸에 보기 좋게 감겨 있는 경우를 보게 될 때면, 그것들이 오랜 동안을 이렇게 있지는 않겠지, 구김살이 생겨 더 이상 똑바로 펴지지 않고 먼지가 묻어 장식품 깊이 박혀 털지도 못하겠지, 하고 생각한다. 그리고 날마다 똑

같은 값비싼 옷을 아침에 걸쳤다가 저녁에 벗고 하는, 그렇게 서글프고 어리석은 짓을 하는 사람은 없을 것이라고 생각한다.

그러나 나는 정말 아름답고 그리고 여러 가지 매력적인 근육과 관절을 지니고 있으며, 팽팽한 살갗과 가느다란 머릿결을 지닌 소녀를 본다. 그것도 날마다 이렇듯 자연스러운 무도회 드레스를 입고서 나타나며, 언제나 똑같은 손바닥에 똑같은 얼굴을 대고 자기의 손거울에 비춰 보고 있는 그녀를 본다.

단지 저녁 늦게 그녀들이 축제로부터 돌아올 때면 이따금 그들은 거울 속에서 이제 낡아빠지고, 부풀어오르고, 먼지투성이가 된, 모든 사람들에게 보여졌으니 이제 거의 더 이상 입을 수 없게 되어버린 옷을 보게 될 것이다.

_ 프란츠 카프카, 『카프카 전집1 변신』, 이주동 옮김, 솔출판사, 2003, 36쪽.

카프카의 짧은 소설 「옷」 전문이다. 앞서 카프카 소설의 난해함을 언급했는데 이 소설 역시 쉽게 파악되는 작품은 아니다.

이 작품은 총 세 문단으로 되어 있다. 작가는 첫 번째 문단에서 옷에 대한 화자의 생각, 두 번째 문단에서 옷과 개인의 관계, 그리고 마지막 문단에서는 옷과 사회를 말하고 있다. 여자는 축제에서 돌아오는데 그녀의 옷은 "모든 사람들에게 보여졌으니 이제 거의 더 이상 입을 수 없게 되어버"린다. 사회 속에서 닳거나 더럽혀지고, 어쩌면 타락할 수도 있는 일종의 낭패감을 옷에 은유하고 있다.

어느 못생긴-이렇게 말하면 실례지만 그는 이 못생긴 얼굴 탓에 시인이 되었을 게 틀림없다. 그 시인이 내게 말했다.

난 사진을 싫어해서 말이야, 좀처럼 찍고 싶은 마음이 없어. 4, 5년 전 애인과 약혼 기념으로 찍은 게 다야. 내겐 소중한 애인이지. 사실 일생 동안 한 번 더 그런 여자를 만날 자신이 없으니까. 지금은 그 사진이 내겐 단 하나 아름다운 추억이지.

그런데 지난해 한 잡지사에서 내 사진을 싣고 싶다고 그러더군. 애인과 그녀의 언니, 이렇게 셋이서 찍은 사진에서 나만 잘라내 잡지사에 보냈지. 최근 다시 한 신문사에서 내 사진을 얻으러 왔어. 난 잠시 생각해봤는데, 결국은 애인과 둘이서 찍은 사진을 절반으로 잘라 기자한테 건넸지. 반드시 되돌려달라고 신신당부했건만 아무래도 안 돌려줄 모양이야. 아무튼 그건 괜찮아.

그건 괜찮다 치더라도 말이야, 그런데 애인 혼자만 남은 반쪽짜리 사진을 봤을 때 나는 참으로 뜻밖이었어. 이게 그 아가씨인가, -미리 말해두지만 그 사진 속 애인은 정말로 귀엽고 아름다웠지. 하긴 그녀는 그때 사랑에 빠진 열일곱 살이었거든. 한데 말이야, 내게서 잘려나가 내 손에 남은 그녀 혼자만의 사진을 보니, 아이쿠, 이토록 볼품없는 아가씨였던가 싶은 생각이 들더군. 지금까지 줄곧 그토록 아름답게만 보였던 사진인데. -오랜 꿈이 단박에 맥없이 깨지고 말았어. 내 소중한 보물이 부서지고 말았어. 그러고 보면, 하고 시인은 한층 목소리를 낮추었다.

신문에 실린 내 사진을 본다면 그녀 역시 틀림없이 이렇게 생각할 테지. 가령 아주 잠깐이나마 이런 남자를 사랑한 자신이 너무 분하다고 말이야. -이걸로 다 끝장이야.

그러나 만약, 하고 나는 생각하네. 둘이서 찍은 사진이 그대로 두 사람 나란히 신문에 실렸다면 그녀는 어딘가에서 내게로 당장 돌아오지는 않을까. 아아, 그이는 이토록-, 이라면서.

_ 가와바타 야스나리, 『손바닥 소설1』, 유숙자 옮김, 문학과지성사, 2021, 56~57쪽.

가와바타 야스나리의 짧은 소설 「사진」 전문이다.

이 작품은 세월이 흐르면서 사랑하는 감정이 사라지고 콩깍지가 벗겨져 이제는 못생겨 보인다는 것이 아니라, 어떤 초월이나 기운(눈에는 보이지 않으나 다른 감각으로 느껴지는 현상)을 말하고 있는 듯하다. 아이쿠, 아아 같은 감탄사로 분위기를 살리거나 "시인은 한층 목소리를 낮추었다"고 표현하면서 독자를 이야기 속으로 끌어들인다. 또한 쉼표로 속도를 조절하거나 줄표로 문장을 길게 늘리면서 화자의 생각을 성실하게 덧붙이고 있다. 구어체 방식을 취함으로써 독자가 '듣는 자'의 처지에서 소설을 감상할 수 있게 한다는 점을, 나는 옮겨 쓰면서 더욱 생생하게 느낄 수 있었다.

우리는 줄거리를 따라 소설을 읽고 감동받는다고 생각하지만 텍스트의 흐름 속에서 주제가 발현되고, 사유가 드러나며, 질문이 던져진다. 그것을 표현하는 수단이 글쓰기의 기본 재료인 언어, 즉 문장이며 필사는 우리가 조금 더 세심하게 문장을 살필 수 있도록 한다. 아름다움을 느낄 수 있도록 돕는다.

네 가지 질문으로 읽기

독서를 한 뒤의 감상이 긍정적이라면 "재미있다", "좋다", "마음에든다"고 말할 것이다. 반대라면 "재미없다", "그저 그렇다", "시시하다"로 표현할 것이다. 이런 간단한 감정 표출이 아닌 한 걸음 들어간 감상을 전할 수는 없을까? 최고, 기쁨, 슬픔 같은 느낌을 구체적으로 서술하려면 어떤 방법으로 책을 읽으면 좋을까?

아래의 네 가지 질문을 통한 숙독을 권한다.

- 작가가 언제 그 작품을 썼는가?

- 어떤 사회 속에서 탄생했는가?

- 어떤 구조를 가지고 있는가?

- 어떤 장르에 속하는가?

첫째, 작가에 대한 질문은 어느 때 그 작품을 썼는지 생각해보는 일이다. 초창기에 발표한 것인지, 만년에 쓴 것인지를 구분해 읽는 것이다. 비슷한 주제를 다뤘더라도 시간순으로 더듬어보면 문제를 파고드는 방식이나 이야기를 서술하는 솜씨가 달라진 것을 알 수 있다.

발표 순서대로 작품을 따라 읽으면 '이 작가가 붙잡고 있는 키워드는 이거구나' 알아챌 수 있고, '이 주제가 이런 식으로 성숙해졌구나' 퍼뜩 깨닫게 되는 것도 있다. 어떤 분야든 마찬가지지만 글쓰기에서도 한두 편의 결과물로 예술가를 단정짓거나 파악하는 일은 쉽지 않다.

프랑스 작가 모파상은 근대 단편 소설의 창시자 중 한 명이자 단편 소설을 가장 세련된 형태로 발전시킨 작가로 평가받는다. 오 헨리와 서머싯 몸, 안톤 체홉뿐 아니라 니체 같은 철학자에게도 영향을 끼쳤다고 알려져 있다.

모파상은 1870년 군에 입대해 보불전쟁에 참전하는데 초기작 중에는 전쟁의 경험을 다룬 소설이 많고, 「비곗덩어리」도 그중 하나다. 「목걸이」처럼 파리에 사는 평범한 사람들의 삶을 보여주거나, 「어느 농장 아가씨 이야기」, 「투안 영감」 등 시골을 배경으로 하는 소설도 있다. 남녀의 사랑, 사냥과 뱃놀이, 환상 세계를 주제로 한 작품 등에도 작가의 경험이 녹아들어 있다.

마흔 셋이라는 이른 나이에 세상을 떠난 모파상은 말년에 심장병과 눈병, 불안증과 신경장애에 시달리며 육체와 정신의 병을 앓았다. 자살 충동에 시달리다가 정신병원에 수용되기도 했다. 「공포」, 「산장」, 「누가 알까?」 등의 작품에는 환각을 겪는 인물이 나오는데 사망 두세 해 전에 발표된 것으로 보아 당시 작가의 마음 상태가 반영된 것으로 보인다.

둘째, 어떤 사회 속에서 탄생했는지 살펴보는 것은 소설의 자리를 돌아보는 것이다. 어떤 소설이든 세상에 소개됐다면 그건 개인의 것이라고 할 수 없다. 작품은 사회 분위기에 영향받으면서 이런저런 평가를 받는다. 자기만의 스타일이 있는 작가라고 해도 당대 이슈나 동시대 작가의 반향을 느낄 수밖에 없다. 사회 속에서 작품을 살펴보는 일은 작가 개인의 역사가 아닌 문학의 역사를 짚어보는 것이라고 할 수 있다.

2020년 코로나19로 말미암은 팬데믹 상황에서 '전염병'과 '패러다임', '실존'을 키워드로 짧은 소설 창작을 요청받은 적 있다. 이슈와 상황에 대한 열다섯 편의 이야기는 『코로나19 기침소리』라는 앤솔로지로 발간됐다.

2022년 현재 우리가 주목해야 할 키워드는 무엇일까? 여성, 청년, 계급, 세대, 노동, 인권, 정체성 등으로 작품을 묶는 일도 의미 있는 독서법이 될 것이다.

셋째, '어떤 구조를 가지고 있는가'는 소설의 메커니즘을 분석하는 것이다. 이를테면 시공간 설정, 등장인물의 특징, 줄거리의 전개, 문체, 이야기의 구성, 표현 기법 등을 따져가며 읽는 것이다. 작품은 여러 요소가 모여 한 편의 완성작으로 만들어지기 때문에 어느 것 하나 소홀히 해서는 안 된다. 플롯이 약하면 줄거리가 흥미진진하게 전개될 수 없고, 시공간 설정이 어설프면 이야기의 구성이 짜임새 있게 나올 수 없다. 또 매력적이지 않은 등장인물은 캐릭터의 몰입을 떨어트린다.

구조를 살펴보는 것은 이 소설은 뭐가 다르지? 왜 이렇게 혼란스럽지? 왜 이렇게 무겁지? 뭐가 이렇게 아름답지? 등의 느낌을 바탕으로 소설의 요소를 분석하는 작업이며, 덩어리를 이루는 낱낱의 구성물을 들여다보는 일이다. 세심하게 음미할 때 작품의 맛은 더욱 깊게 다가온다.

넷째, 어떤 장르에 속하는지 보는 것은 작가와 독자의 기능적 상호작용을 따져보는 행위다. 작가의 의도와 독자의 의도가 어긋나지 않고 잘 만났을 때 우리는 그것을 '장르적'이라고 부른다. SF와 판타지, 추리 소설 등은 각각의 양식에 맞는 성격과 분위기, 특징을 갖고 있다. 이 경우에는 장르 구분에 따른 연구가 필연적으로 전제되어야 하는데, 과학에 기반하지 않은 터무니없는 상상력은 허무감만 주고, 현대 사회를 환기시키지 못하는 역사소설은 공허한 말장난에 불과하기 때문이다.

동물이 말을 하고 사람이 새처럼 날아다니는 가상 세계를 만들었다면 그 세계에서 벌어지는 이야기가 왜 필요한지 고민해야 한다. '인간의 명령을 거부하는 로봇'으로 기술 발전의 이면을 충실히 보여줄 때, '사랑하는 여자를 방에 가둔 남자' 등으로 인간의 폭력성을 충분히 드러낼 때 독자는 이에 만족하고 반응한다.

이 글은 어떻게 해야 짧은 소설을 깊이 있게 읽을 수 있을까에 대한 나름의 대답이다. 다섯 가지 방법은 객관적인 제안이 될 수 없으며 각자의 경험에서 최선의 방식을 찾는 것이 좋다. 예전에 별로라고 여겼던 소설을 다시 읽고 내 인생의 소중한 작품으로 꼽을 수도, 부분 필사를 실천하면서 작품이나 작가의 면모를 새롭게 알게 되는 사례도 있을 것이다. 한 작가가 어떻게 소설을 써왔으며, 이 사회가 요구하는 소설은 무엇인지, 소설의 기술과 작법을 파헤쳐 그 작품이 어떤 질문을 던지고 있는지 등을 알게 되면 소설을 대하는 마음도 달라질 것이다. 문학에 대한 애정이 더욱 깊어질 것이다.

3장

짧은 소설 독서 모임 가이드

김은주

정희, 「돼지꿈」 백수린, 「아무 일도 없는 밤」, 이재은, 「1인가구 특별동거법」, 「불행교환 회」 김금희, 「오직 그 소년과 소녀만이」 에드거 앨런 포, 「윌리엄 윌슨」 이승우, 「깁티와 혹은 속임수」 가 와바타 야스나리, 「양지」 안톤 체홉, 「고독한 그리움」 데이먼 러니언, 「약속 불이행」 김미월, 「서훈에게」 레 이먼드 카버, 「뚱보」 성석제, 「되면 한다」 박선우, 「소원한 사이」 정이현, 「비밀의 화원」 최은영, 「호시절」 데 이먼 러니언, 「브로드웨이의 금융업자」 정용준, 「종이들」 장류진, 「백한 번째 이력서와 첫 번째 출근길」 완서, 「나의 웬수덩어리」 에이비드 온손, 「이른 봄」 쿠르트 쿠잰베르크, 「좀 색다른 짓」 기 드 모파상, 「전 비화」 최지애, 「방과 방 사이」 데이먼 러니언, 「부치, 아기를 보다」 버지니아 울프, 「불가사의한 미스 V의 이스」 김금희, 「감사 인사」 토베 얀손, 「두 손 가벼운 여행」 오 헨리, 「이십 년 후에」 프란츠 카프카, 「양동 를 란 사나이」 나쓰메 소세키, 「화로」 에드거 앨런 포, 「아몬티야도 술통」 오라시오 키로가, 「엘 솔리타리 삽아진, 「결전」 클라리시 리스펙토르, 「달걀과 닭」 권여선, 「나쁜 음자리표」 사키, 「토버모리」 김멜라, 「

왜 짧은 소설인가요?

　나는 다른 사람을 이해하거나 일상에서 부딪치는 어려움을 해결하는 방법을 소설을 통해 배웠다. 장편이든 단편이든 가리지 않고 소설을 읽었으며 다른 사람에게 소설을 읽는 즐거움과 유용함을 전파하기도 했다. 장편 소설은 읽겠다는 마음을 먹기가 쉽지 않고 부담스러울 때도 있었지만 책의 내용에 빠져들기 시작하면 오른쪽의 페이지가 줄어드는 것에 즐거움을 느끼며 다 읽어냈다는 성취감과 더 읽지 못하는 아쉬움이 뒤섞인 뿌듯함을 느꼈다. 단편 소설은 단막극을 보는 듯 함축적인 서사 속에서 시공간을 넘나드는 느낌이 좋았다. 하지만 스마트폰을 사용하게 되면서 책을 읽다가도 카톡을 확인하거나 궁금한 것을 검색하다 보면 어느새 교과서에 소설이나 만화책을 숨기고 몰래 읽는 것처럼 책을 펴놓은 채로 스마트폰을 보고 있는 나를 발견하게 되었다. 이제는 책 읽기를 좋아한다는 말을 하기도 무색해져 책은 좋아하지만, 스마트폰 보는 시간이 더 길어졌음을 고백해야겠다.

그러던 중 도서관에서 우연히 이기호 작가의 단편 소설보다 더 짧은 길이의 소설 모음집 『웬만해선 아무렇지 않다』를 발견했다. '웃음과 눈물의 절묘함. 특별한 짧은 소설'이라는 부제에 눈길이 머물렀고, 짧은 글이라고 쉽사리 덤볐다가 글을 쓰며 편두통과 위장 장애를 골고루 앓았다는 푸념과 함께, 짧을수록 더 치열할 수밖에 없다는 '작가의 말'을 읽으니 짧은 소설이라는 단어에 흥미가 생겼다. 짧은 소설을 읽어보니, 단편 소설보다 길이가 짧아 한 편을 읽기 시작해 글이 끝날 때까지 내용에 대한 궁금함과 몰입감이 그대로 유지되어 글을 읽다가 스마트폰을 본다거나 책을 덮어두는 일이 줄었다. 소설집 한 권에 짧은 소설 사십 편이 실려 있는데 글의 호흡이 짧아서인지 술술 잘 읽혔다. 글의 길이가 짧다고 해서 다루는 내용이 가벼운 것은 아니어서 오히려 응축된 에너지를 느낄 수 있었다.

우연히 만난 짧은 소설 덕분에 오랜만에 읽기의 즐거움을 느끼며 새삼스럽게 읽기의 세계로 빠져들어 다양한 짧은 소설을 검색하기에 이르렀다. 짧은 소설은 손바닥 소설, 엽편 소설, 미니 픽션 등 다양한 이름으로 불리며 여러 출판사에서 짧은 소설 모음집이 출간되고 있다는 것도 알게 되었다. 글의 길이나 내용의 풍성함에 따라 분류한다면 장편 소설은 정찬, 단편 소설은 일품요리, 짧은 소설은 디저트에 비유할 수도 있겠다. 짧은 소설을 읽는 시간은, 바쁜 하루 중 잠시 짬을 내어

마카롱이나 초콜릿, 커피를 즐기는 달콤하고 편안한 디저트 타임처럼 읽는 삶에 활기를 불러일으킬 것이다.

독서 모임을 하면 뭐가 좋아요?

드라마의 해피엔딩이 남녀 주인공이 이별하지 않고 결혼하는 것이라고 전제한다면, 『스물다섯 스물하나』라는 드라마는 초반부터 해피엔딩이 될 수 없다는 단서가 너무나 명백했다. 회를 거듭하며 드라마의 인기는 더욱 높아졌고 시청자들은 남녀 주인공의 이별을 받아들일 수 없다는 마음에 스스로 해피엔딩의 반전을 도모하기 시작했다. 해피엔딩을 유추하기 위해 끌어모은 드라마 속 단서들은 정말 드라마를 주의 깊게 보지 않으면 도저히 알 수 없는 것들이어서 단서를 찾아낸 노력이 눈물겨울 정도였다.

요즘 드라마를 해석해 주는 유튜버와 블로거들의 등장이 눈에 띈다. 바쁜 현대인을 위해 드라마의 내용까지 핵심 정리해주는 시대인 것이다. 드라마 전편을 본방 사수하기는 어렵고 지인들과의 대화에는 동참하고 싶은 마음에 부합하여 인기 있는 드라마일수록 편집 영상이 다양하고, 유튜브 영상뿐만 아니라 방송국 공식 채널에서 운영하는 편집 영상의 조회 수와 댓글 수가 어마어마하다.

드라마나 영화를 보거나 책을 읽은 후 여운이 깊을수록 그 내용과 느낌에 대해 다른 사람과 이야기하고 싶어진다. 아무리 친한 사이라도 내가 말하고 싶은 내용을 아는 사람이 아니면 대화의 흥미가 떨어진다. 그러니 내용을 아는 사람끼리 모이는 일은 자연스러운 현상이다. 자신의 감상을 댓글로 남기고 대댓글로 공감하고 질문하며 소통하는 모습이 마치 독서 모임에서 각자 읽은 책의 내용과 느낌을 나누는 모습과 비슷해 보였다. 인터넷이라는 온라인 공간의 장점을 이용해 시공간의 제약이 없는 자유로운 독서 모임을 보는 느낌이랄까?

다양한 분야에 호기심이 많은 나는, 다양한 분야와 형태의 독서 모임에 참여해왔다. 도서관에서 주관하는 독서 모임, 그림책 독서 모임, 고전문학 독서 모임, 심리학 독서 모임, 단편 소설 읽고 쓰기 모임, 세계사책 읽기 모임 등. 독서 모임이라고 하지만 모임을 이끄는 운영자의 강연을 듣고 토론하는 모임의 형태도 있었고, 함께 책을 읽어가며 의문점을 해결해 가는 스터디 형식의 독서 모임도 있었다.

다양한 독서 모임을 하고 있다고 하면 누군가는 혼자서 읽어도 되는데 꼭 모임을 해야 하냐고 묻기도 한다. 물론 혼자서 충분히 만족하고 즐기고 있다면 그것만으로도 좋다. 하지만 좋은 책을 읽고 나면 감상을 누군가와 나누고 싶고 다른 사람의 생각도 알고 싶어질 때가 있는데 모두 독서 모임에서 할 수 있는 것이다. 그럼에도 독서 모임에 선뜻 참여하기에는 머뭇거리게 되는 지점이 분명히 있다.

독서 모임에 참여하는 것은 책을 느리게 읽는 방식이다. 우선 책을 읽어야 하고 모임에 참여하기 위해 시간을 내야 한다. 정보의 홍수 속에 살아가는 현대인은 점점 편집되고 요약된 정보를 보는 일에 익숙할 정도로 바쁘게 살아간다. 온전히 시간을 내야 하는 독서 모임에 참여하고 싶어도 바빠서 참여하기 어렵다고 생각할 수 있다.

또한 친숙한 사람들과의 독서 모임이 아닌 경우, 참여자가 누구인지 모른 채 독서 모임에 참여해서 첫인사를 나누는 경우도 많다. 낯선 사람들과의 만남은 누군가에는 활력이 될 수 있지만 누군가에게는 용기가 필요한 일이다. 책을 읽고 감상을 나누는 데 정답은 없다고 하지만 낯선 사람들 앞에서 자신의 생각과 의견을 말하는 일은 평가받는 것 같아 어색하고 두려울 수도 있다.

참여자뿐만 아니라 독서 모임을 운영하는 입장에서도 고민은 많을 것이다. 처음엔 잘 진행되던 모임도 참여자들의 사정으로 모임 시간까지 책을 제대로 읽지 못하는 경우가 반복되면 모임을 유지하기 어려워지고 시간이 갈수록 정체기에 접어들어 참여자가 줄어들거나 책을 선정하는 데 어려움을 겪으며 독서 모임의 유지를 위해 새로운 활기가 필요할 수도 있다.

나의 경우에는 새로운 분야에 관심이 생기면 더 찾아 보게 되고 독서 모임으로도 이어지는 경우가 많아 신기했다. 낯선 사람들을 만나는 일은 처음에는 부담스러웠지만 독서 모임에 참여할수록 어색함은 줄어들었다. 나와 비슷한 관심을 가진 사람들과 만나 이야기를 나누는 시간은 즐겁고 나와 다른 관점의 이야기를 들으면서 타인을 이해하게 되었다.

나의 첫 독서 모임은 고등학생 시절로 거슬러 올라간다. 그 시절은 동아리 활동이 활발하던 때는 아니었는데 인근 학교의 남학생 다섯 명과 내가 다니던 여학교 학생 다섯 명이 함께 독서 모임을 만들어 한 달에 한 번씩 모였다. 요즘처럼 스터디 카페가 있었던 것도 아니어서 모임 장소는 종교 단체에서 운영하는 세미나실을 대여했다. 진행 방식은 순번을 정해 돌아가며 진행을 맡았는데 지금도 내가 맡았던 날의 책의 내용과 함께 독서 모임에서 나눈 이야기, 그날의 분위기가 기억에 남아 있다. 특히 현진건의 「운수 좋은 날」의 마지막 장면에 대해 나눴던 이야기는 삶의 비애에 대해 나눈 첫 대화로 기억에 남아 있다. 아마 독서 모임에서 나누지 않고 혼자 읽었다면 삼십 년이 넘는 시간이 지난 지금에도 이렇게 생생하게 기억나지는 않을 것이다. 성인이 된 후 도서관에서 주관하는 독서 모임에 참여할 때도 처음 경험했던 독서 모임을 떠올리며 기대감을 갖고 참석했던 기억이 난다.

그렇다면 독서 모임에 참여했을 때 좋은 점에 대해 조금 더 구체적으로 생각해보자.

읽은 책에 대해 이야기를 나눌 사람이 있다는 기쁨을 누릴 수 있다

내가 독서 모임에 참여하게 된 첫 번째 이유이다. 재미있게 읽은 책에 대해 누군가와 이야기를 하고 싶은데 주변에서는 찾을 수 없었다. 독서 모임은 하나의 취향 공동체라고도 할 수 있다. 일상에서 만나는 사람들과의 관계 외에도 내가 관심 있는, 알고 싶은, 좋아하는 분야에 대해 대화를 나눌 수 있는 사람을 만날 수 있는 가장 좋은 방법일 수 있다는 것이다. 책을 읽은 후 자신의 감상이나 인상 깊었던 장면 등 책에 대해 이야기를 나누고 싶은 욕구가 누구에게나 있을 것이다. 내용에 대한 의문점이나 새로 알게 된 내용까지 나누다 보면 그 책의 여운은 더 깊어지고 소중한 시간의 추억이 된다. 내게 책은, 독서 모임에서 나눈 책과 혼자 읽은 책으로 나눌 수 있을 정도다.

꾸준히, 다양한 책을 읽을 수 있다

책을 읽어야겠다는 생각이 있어도 막상 어떤 책을 읽어야 할지 막막하고, 바쁘다는 핑계로 완독을 하지 못하는 경우가 있다. 다양한 책을 읽어야겠다고 생각은 하면서도 내가 좋아하는 장르의 책을 주로 읽게 되기 때문에 일부러 독서 모임에 참여하여 익숙하지 않은 분야의 책을 읽으려 노력한다. 혼자 읽는다면 선택하지 않았을 책이지만 모임에서 읽고 이야기를 나누고 나면 특별한 책이 되는 경우가 많다. 독서 모임에서 다른 사람이 정해준 책을 경험함으로써 편독의 습관에서 벗어나 다양한 분야로 독서 생활을 확장할 수 있는 계기가 될 것이다. 아울러 독서 모임에 참여하기 위해서는 완독이 필수이기 때문에 의무감에서라도 책을 읽게 되고 규칙적인 독서 생활이 가능해진다.

읽은 책에 대해 다양한 관점을 접하며 생각이 확장된다

책은 혼자 읽어도 충분하다. 같은 책을 읽으면 대부분 비슷한 감상을 나누게 될 거라고 짐작하지만 같은 지점이 인상 깊었다고 하더라도 각자의 경험에 따라 매우 다른 관점으로 바라보는 경우가 있다. 내가 경험하지 않은 것에 대해 배울 수 있는 좋은 시간이 될 것이다. 또한 나는 생각하지 못했던 지점에서 깨달은 통찰을 듣게 되는 순간, 모임이 끝난 후 책을 다시 읽고 싶다는 생각이 들기도 한다. 혼자 읽었더라면 모르고 지나쳤을 수많은 통찰을 독서 모임에 참여한 사람들 덕분에 나누고 배우게 된다. 한 번 알고 나면 알지 못했던 이전으로는 되돌아가지 못한다. 세상을 바라보는 새로운 관점을 통해 어떻게 살아가야 할지 자세와 태도에 대해 생각하게 되기도 한다.

읽는 사람에서 쓰는 사람이 될 수 있다

그야말로 글쓰기 열풍의 시대다. 선사시대에 그린 동굴 벽화가 있듯이 기록하고자 하는 욕구는 인간의 본능이고 기록의 중요성은 새삼스럽게 말할 것도 없다. 책을 읽고 나면 인상적인 문장을 필사하고 짧게나마 감상을 기록하려고 한다. 처음에는 책의 문장만을 적었지만 책에 대해 하고 싶은 말이 많아질수록 잘 정리하고 싶은 욕구가 생긴다. 독후감상문이 되기도 하고 일기인지 에세이인지 구분이 되지 않는 글들이 쌓인다. 그럼에도 혼자서 책을 읽고 책장을 덮을 때와는 다른 뿌듯함이 있다. 책을 통해 나를 설명할 수 있는 언어를 배운다. 처음에는 활자중독자처럼 읽었지만 나 자신을 표현하는 언어가 그동안 읽고 고민하던 시간을 통해 만들어진다는 것을 알았다. 책을 읽으며 스쳐 지

나가는 생각을 잘 붙들어서 기록하고 독서 모임을 통해 더 확장된 생
각을 기록하면서 나의 가치관과 생각을 확인할 수 있다.

다양한 매력의 짧은 소설 독서 모임

내가 참여한 짧은소설연구모임은 단편 소설 기준 매수인 70매 내외
를 벗어나는 짧은 소설의 특징과 매력을 찾는 것을 목표로 하는 독서
모임으로, 짧은 소설을 작정하고 읽기 위해 시작한 모임이다. 도서관
에서 우연히 발견한 짧은 소설을 읽는 시간이 스마트폰에 잠식되어가
는 독서 본능을 깨워 휴업 상태의 독서 생활을 예전으로 돌리기 위한
숨 고르기의 시간이 될 수 있겠다는 생각이 들었다. 무엇보다 글의 길
이가 짧으니 읽는 시간을 확보해야 한다는 부담감이 적어서 좋았다.
짧은소설연구모임은 참여자가 함께 책을 선정하고 모두가 감상을
나눈 뒤 모임의 기록을 아카이빙하기 위해 순번을 정해 한 사람이 모
임을 기록하는 방식으로 운영했다. 2020년 12월에 시작해서 한 달에
두 권씩 외국 작가와 국내 작가의 글을 읽었는데 읽는 동안에도 꾸준
히 여러 작가의 짧은 소설이 출간되었다. 특히 2021년 8월에 나온『현
대문학』800호 특집호는 여러 작가의 짧은 소설을 실었는데, 잡지 한
권을 통해 다양한 작가의 짧은 소설을 읽을 수 있는 호사를 누리는 동
시에 짧은 소설에 대한 관심이 높아지고 있음을 실감했다.

연구모임의 참여자 모두가 짧은 소설 독서 모임은 처음이었는데, 장편이나 단편 소설을 통해 알고 있던 작가의 짧은 소설을 읽으며 호감도가 상승하며 재발견의 기쁨을 나누기도 했고, 작가의 명성에 비해 짧은 소설에서는 작가로서의 진정성이 느껴지지 않아 실망하기도 했다. 호감도가 상승한 대표적인 작가는 오 헨리이다. 「마지막 잎새」, 「크리스마스 선물」로 친숙한 오 헨리의 짧은 소설에는 반전과 속임수가 많이 등장했는데 충분히 예측이 가능한 반전임에도 몰입해서 읽게 되는 매력이 있었고, 작품 곳곳에서 발견할 수 있는 휴머니즘이 감동적이었다. 또 한 명의 작가인 에드거 앨런 포우도 천재 작가라며 감탄했는데 프로이트의 연구가 나오기 훨씬 이전임에도 인간의 심리에 집중한 작품들이 인상적이었다. 카프카의 경우 짧은 소설의 편수가 많다는 사실도 놀라웠지만, 한 페이지 정도의 짧은 글이 어찌나 난해한지 이해하려는 노력을 슬쩍 미뤄두기로 했다. 국내 작가 중에서는 정이현과 이기호의 작품을 재미있게 읽었고 몇몇 작가의 작품은 다소 실험적이라는 생각이 들었다.

　　연구모임에서는 작정하고 짧은 소설을 많이 읽기 위해 매번 책 한 권 전체를 읽었지만, 책 한 권을 완독하기가 어려운 경우 짧은 소설 한 편을 정해 모임 시간에 함께 읽고 이야기를 나눌 수도 있다. 단편 소설보다 더 분량이 적지만 잘 고른 짧은 소설 한 편만으로도 다양한 관점에서 풍성한 이야기를 나누기에 충분하다.

　　모임 시간에 읽는 방식이라면 각자 읽는 방법도 있지만 서사가 뚜

렷한 짧은 소설을 선택하고 분량을 나눠서 돌아가며 낭독을 한다면 소설을 듣는 특별한 경험의 시간이 될 수 있을 것이다. 혼자 읽을 때와는 달리, 누군가가 읽어주는 글을 듣는 시간을 통해 온전히 글에 집중할 수 있다. 낭독하는 사람은 누구보다 먼저 자신의 목소리를 듣는 효과도 있다. 낭독의 즐거움을 알게 되면 혼자 책을 읽을 때도 소리 내어 읽고 있는 자신을 발견할 지도 모른다.

낭독뿐만 아니라 짧은 소설을 필사하는 시간을 가질 수도 있다. 좀처럼 직접 글씨를 쓸 일이 없는 시대를 살고 있다. 그래서인지 자판을 쳐서 입력하는 것에는 익숙하지만 정작 글씨를 쓰려면 어색하게 느껴지기도 한다. 아날로그 감성을 가진 나는 종이의 질감을 느끼며 공책을 고르고 펜을 골라 한 자 한 자 적는 시간을 좋아한다. 머릿속이 복잡할 때의 필사는 그저 글자를 옮겨 적고 있다는 생각이 들 때도 있다. 하지만 어느새 조용히 집중해서 쓰게 되고 그 시간이 명상의 시간처럼 느껴져서 요즘은 일을 시작하기 전 마음을 가다듬으려고 필사를 한다. 필사를 한 공책을 나중에 읽어보는데 필사 후 짧게라도 나의 생각이나 느낌을 적어두면 좋은 기록이 된다. 독서 모임에서도 짧은 소설의 한 단락 또는 전문을 필사한 후에 감상을 나눈다면 내용에 대한 의견과 더불어 필사에 대한 감상도 나눌 수 있다.

코로나 시대에 활발해진 모임의 형태는 비대면 줌 회의를 이용한 온라인 독서 모임이다. 직접 만나지 않아도 각자 편안한 장소에서 시간의 구애를 덜 받으며 독서 모임을 하게 된 것이다. 독서 모임에 참여하는 데 불편함을 느꼈던 여러 부분에서 좀더 자유롭고 편한 참여가 가능해졌다는 점에서 고무적이고, 온라인 모임에서도 낭독과 필사는 가능하다. 각자 인상적인 단락을 녹음하여 단톡방에서 공유할 수 있고 필사한 부분을 사진으로 찍어 공유할 수 있다. 책과 함께 연결되고 싶은 마음만 있다면 방법은 얼마든지 궁리할 수 있다.

독서는 인간이 할 수 있는 가장 지적인 활동 중의 하나이다. 혼자서도 얼마든지 할 수 있지만, 함께 읽는 시간을 통해서만 경험할 수 있는 매력이 다양하다. 특히 짧은 소설을 함께 읽는 모임은 참여의 부담도 적고, 다양한 방식으로 꾸준하게 모임을 이어갈 수 있어 독서 모임의 즐거움을 경험하고 싶은 이들에게 적극 추천한다.

4장

다섯 가지 감정과 짧은 소설

전앤

정희, 「돼지꿈」 백수린, 「아무 일도 없는 밤」, 이재은, 「1인가구 특별동거법」 로드 던세이니, 「불행교환 회」 김금희, 「오직 그 소년과 소녀만이」 에드거 앨런 포, 「윌리엄 윌슨」 이승우, 「합리화 혹은 속임수」 가 와바타 야스나리, 「양지」 안톤 체홉, 「고독한 그리움」 데이먼 러니언, 「약속 풀이행」 김미월, 「서훈에게」 레 이먼드 카버, 「동보」 성석제, 「되면 한다」 박성우, 「소원한 사이」 정이현, 「비밀의 화원」 최은영, 「호시절」 데이먼 러니언, 「브로드웨이의 금융업가」 정용준, 「종이들」 장류진, 「백한 번째 이력서와 첫 번째 출근길」 왼서, 「나의 웬수덩어리」 에이비드 온손, 「이른 봄」 쿠르트 쿠젠베르크, 「좀 색다른 짓」 기 드 모파상, 「전 비화」 최지애, 「방과 방 사이」 데이먼 러니언, 「부자, 아기를 보다」 버지니아 울프, 「불가사의한 미스 V 의 이스」 김금희, 「감사 인사」 토베 얀손, 「두 손 가벼운 여행」 오 헨리, 「이십 년 후에」 프란츠 카프카, 「양동 롤란 사나이」 나쓰메 소세키, 「화로」 에드거 앨런 포, 「아몬티야도 술통」 오라시오 키로가, 「엘 솔리타리 」 심아진, 「결전」 클라리시 리스팩토르, 「달걀과 닭」 권여선, 「나쁜음자리표」 사키, 「토버모리」 김멜라, 「

당신은 지금 어떤 감정의 자장 안에 머물러 있나요?

좋은 책을 추천해 달라는 부탁을 받을 때가 있다. 그 순간 머릿속을 빠르게 뒤적여보는데 매번 선택은 쉽지 않다. 세상에는 좋은 책이 너무 많다. 오랜 시간을 견뎌온 책부터 방금 출간된 책까지. 이 중에서 한 권을 집어내기란 곤혹스러운 일이다. 또한 책은 각자의 취향을 고려하지 않을 수 없다. 나 같은 경우는 밀도가 높은 문장을 좋아해서 단편 소설을 가장 선호한다. 그러나 어떤 날은 긴 분량의 고전을 읽고 싶다. 또 따뜻한 위로를 얻을 수 있는 에세이와 청소년 소설도 많이 읽는다. 역사 소설과 환상 소설의 스토리텔링도 좋아해서 늘 책장에 꽂아 두며 들춰본다. 나만 해도 폭넓은 취향과 그날의 감정에 따라 읽고 싶은 책이 달라지는데 선뜻 한 권의 책을 추천하기란 난감한 일이다.

평소 나는 문장 속에 담긴 다양한 감정을 신뢰하는 사람들과 이야기 나누기를 좋아한다. 글을 쓰고 문학을 가르치는 삶을 위해서도 늘 필요한 시간이다. 그러나 책을 추천하는 일은 이야기를 나누고 수업을 하는 것과는 조금 다르다. 책을 필요로 하는 그 사람만을 위한 구체적인 접근이 필요하다.

구체적인 고백을 좋아한다. 예를 들어 "선생님이 너무 좋아요."라는 말보다 "선생님 수업은 시간이 금방 지나가요."와 같은 표현이 좋다. "나는 너를 사랑해." 보다 "나는 너와 먹는 밥이 제일 맛있어."라는 표현이 훨씬 더 실감 나듯. 그래서 구체적으로 추천해 줄 방법을 고민하다가 '짧은 소설과 감정'을 붙잡아 보기로 했다.

책을 읽고 싶은 사람들의 마음에는 여러 이유가 있겠지만 그중에서도 굳이 소설을 읽고 싶다면 나와 타인의 감정을 알고 싶기 때문이라고 생각한다.

어떤 책을 읽고 싶은지 알기 위해서는 현재 자신의 감정을 아는 일이 중요하다. 불안해서 참을 수 없는 상태인지, 슬픔으로 가득 찬 마음 속 안개를 그만 걷어내고 싶은 순간인지, 현재에 안주하지 않고 미래를 철저히 대비하고 싶은 마음인지, 솔직하고 진실한 이야기를 듣고 싶은 날의 감정인지를 알고 책을 읽는다면 그 독서는 진정한 깊이와 맛을 느끼게 해 줄 것이다.

평소 나는 감정에 예민한 편이다. 그러나 무엇이 감정을 촉발하고 감정을 바꾸어 놓는지 정확히 알기란 어렵다. 어떤 감정은 기억과 함께하면서 그때 각인된 감정을 다시 느끼며 아파하거나 즐거워한다. 가볍게는 내가 먹고 마신 것 때문에 감정이 쉽게 바뀌기도 한다. 사람의 관계에서 영향받기도 하고 사회적 사건과 긴밀히 연결되면서 감정의 변화를 겪는다. 중요한 것은 감정이 변하면 일상의 리듬이 달라지고 나아가 인생이 바뀐다는 데 있다.

감정은 크고 작은 의사 결정에 어떤 방식으로든 영향을 미친다. 자신의 감정을 정확히 알고 있다면 '짜증 나.' '힘들어.' '죽고 싶어.' 같은 모호하고 단순한 어휘로 설명하는 일은 없을 것이다. 이런 표현은 자신 스스로 개운치 않으며 만약 누군가에게 위로받고자 했다면 전혀 도움을 받지 못할 확률이 높다. 내게 찾아온 감정을 까다로운 손님 대하듯 주의 깊게 살피는 노력이 일상을 단정하게 살아가는 데 가장 중요한 일이라 여긴다.

짧은소설연구모임에서는 '소설'과 '감정'에 대해 많은 토론을 나누었다. 오랜 기간 국내외 작가의 짧은 소설집을 읽으며 관련 자료를 모으고 회의 내용을 기록했다. 우리는 회의를 통해 도서 목록과 발표자를 정해 책을 읽고 한 달에 두 번 줌으로 모임을 했다. 모두 아카이빙의 중요성을 알고 있어 구글 스프레드시트를 활용하여 감정별로 읽은 소설을 분류하는 작업도 함께 했다.

다섯 가지 대표 감정인 기쁨, 슬픔, 두려움, 외로움, 분노로 작품을 분류하고 선택하는 작업은 절대 쉽지 않았다. 소설 속 인물은 당연한 말이지만 한 가지 감정으로 사건을 대하거나 움직이지 않기 때문이다. 슬프면서 좋고, 두려우면서 매력을 느끼는 그런 복잡 미묘한 감정들이

한데 뒤섞여 상황과 관계를 만든다. 그러니 한 작품을 두고 하나의 감정으로 분류하는 일은 고민스러운 작업이 분명했다. 우리는 작품을 전체적으로 장악하는 감정의 정서를 파악하고 분류해내는 데 노력을 기울였다. 감정 분류 작업은 신중하면서도 끝까지 고민하게 하는 순간이 많았지만, 결국 가장 큰 감정의 덩어리를 파악하면 작품 안에서 더 빛나는 점들을 발견해내는 기쁨을 주었다. 무엇보다 이 힘든 작업을 혼자가 아니라 '함께' 했기에 의미 있고 즐거웠다.

좋은 소설은 우리에게 다양한 감정을 들려준다. 외로움, 슬픔, 두려움, 분노, 기쁨의 덩어리로 분류해서 소개하는 짧은 소설 열 편이 독자 여러분의 감정의 자장 안에 잠시라도 머물렀으면 좋겠다.

외로움과 짧은 소설

윤고은, 「홀케이크」

『현대문학』 800호 기념 특대호, 2021

[줄거리]

나와 그는 스터디 카페에서 취업 준비 중에 만났다. 건물 일 층에는 디저트 카페가 있는데 그곳은 매달 서정적인 이름의 제철 과일을 이용한 케이크를 판매한다. 매달 초 케이크의 풀네임을 정확하게 읽으며 주문하는 카페에서 둘은 첫 데이트를 했다. 테라스 좌석에 앉아 케이크와 카페를 드나드는 사람들에 관한 이야기를 나누다 보면 케이크의 긴 이름처럼 둘 사이의 대화는 영원히 바닥날 일은 없을 것 같았다. 나는 취업을 하고 그는 아직 스터디 카페에서 공부하던 어느 날, 그는 나를 위해 예약한 홀케이크를 선물하며 케이크 상자를 들고 밖으로 나가는 모습을 보고 싶다고 말한다. 이제 이 케이크를 몇 조각으로 나눌지는 나 혼자 결정할 수 있다는 것, 이제는 그럴 시간이 되었다는 것을 이해하지만 그를 떠나보내지 못한 채 나는 아직 디저트 카페의 시간에 머물러 있다.

[추천 이유]

연애, 결혼, 출산 세 가지를 포기한 삼포 세대란 신조어는 이미 우리에게 익숙하다. 욕망하지만 욕망할 수 없을수록 외로움은 더 깊어지는 법이다. 무엇인가에 기대서라도 견뎌야 하는 시간이 있다. 제철 과일을 넣어 만든 케이크 이름으로 3월의 설렘을 거쳐 4월에 시작한 연애의 과정을 그대로 보여주는 방식이 신선하다. 케이크의 이름을 읽으며 세상의 시름을 잊듯, 그들의 연애는 아직 세상으로 나가지 못하고 바라보기만 하는 유예의 시간을 견디는 중이다. 하지만 한 사람은 이제 세상으로 나가야 할 때이므로 그 연애도 끝을 향한다. 홀케이크를 들고 당당하게 세상으로 나갈 수 있도록 배웅하려는 남겨진 사람의 마음이 쓸쓸하고 애잔하다.

에드거 앨런 포, 「군중 속의 사람」

『에드거 앨런 포 단편선』, 전승희 옮김, 민음사, 2013

[줄거리]

어느 가을날 저녁 해가 질 무렵에 나는 런던의 커피숍에 앉아 사람들을 바라보고 있다. 나는 몇 달째 건강이 좋지 않았다가 회복기에 접어들면서 기분이 아주 활기찬 상태다. 창밖의 거리는 사람들로 넘쳐났고 어둠이 깔리면서 군중은 더 늘어나고 있다. 밤이 깊어가면서 나는 일흔 정도 되어 보이는 한 노인의 마귀와 같은 특이한 표정에 사로잡힌다. 노인의 얼굴에서 최악의 절망을 읽을 수 있었던 나는 그를 뒤쫓게 된다. 노인이 입은 셔츠는 더럽기는 해도 훌륭한 품질이며 외투의 단추도 고급스러워 더욱 호기심을 느낀다. 노인은 빗속에서도 사람들 사이를 계속 거닐다 밤이 더 깊어지자 런던에서도 가장 악취가 심하고 빈곤함의 상징이며 범죄가 들끓는 곳의 술집으로 들어간다. 그곳에서 밤새워 술을 마시고 동이 틀 무렵에는 다시 그들이 처음 만났던 호텔이 있는 카페로 돌아온다. 나는 어리둥절한 기분에 사로잡히고 둘째 날의 저녁에는 기진맥진해 죽을 것 같지만 노인은 다시 런던의 시내를 걷기 시작한다.

[추천 이유]

벤야민의 「도시산책자」와 박태원의 「소설가 구보 씨의 일일」이 함께 떠오르는 작품이다. 읽다 보면 19세기 런던의 거리를 보는 기분이 드는데, 작품 속 화자의 관찰로 사람들의 모습과 거리가 구체적이고 세세하게 묘사되어 있다. 이 소설에서 군중은 공간이며 그곳은 외로움으로 가득하다. 인간 소외를 자처하는 노인과 비인간 소외를 체험하는 화자가 만나는 지점에서 비롯되는 고독과 슬픔은 현대를 살아가는 우리의 모습과 닮아 있다. 작품 끝에 나는 노인을 뒤쫓는 행위가 소용없는 일이라는 것을 알게 된다. 노인이 '호르툴루스 아니마에'라는 16세기 기도서보다 더 모호한 책이며 '그것은 읽히기를 거부한다.'라는 사실을 깨달았기 때문이다. 책을 읽고 나면 할 일 없이 거리를 헤매고 다녔던 순간이 떠오른다. 우리는 이곳저곳을 들쑤시듯 다니며 도대체 어디에 도착하고 싶은 걸까? 멈추어 서는 그 순간 우리는 더 외로워질지도 모르겠다.

슬픔과 짧은 소설

심아진, 「왕 놀이」

『무관심 연습』, 나무옆의자, 2020

[줄거리]

간호를 받으면서 꼼짝없이 누워 있어야 하는 진숙 씨는 아들이 보낸

편지를 간병인을 통해 듣는다. 언제부터인가 가족들은 자주 오지 않고, 특히 자주 왔던 남편은 눈이 온다고 했던 날 후로 모습을 보이지 않는다. 아들은 편지에서 가족들과 왕 놀이를 했다고 이야기한다. 왕이 된 사람은 식사 뒷정리나 집 안 청소를 면제받는 특권을 누리는 것이다. 그리고 아버지가 계속 왕으로 지내고 싶어 하고, 이제 진숙에게 연락하거나 진숙을 찾아가지 않을 것이라고 이야기한다. 그러나 이는 사실이 아니며 슬프면서도 고통스러운 비밀을 감추고 있다. 남편은 코로나로 죽었는데 이 소식을 아픈 진숙에게 차마 알리지 못해 아버지가 계속 왕이 되고 싶어 한다고 말한 것이다. 이 사실을 알고 있는 간병인은 떨리는 목소리로 편지를 읽어 주면서 비밀을 감춘채 왕 놀이가 끝나는 대로 면회 오겠다는 아들의 말을 전한다.

[추천 이유]
코로나라는 시의성 있는 소재를 가져오면서 죽음의 문제를 다루었다. 가족의 갑작스러운 죽음은 재난의 상황 속에서 더 큰 상실로 다가올 것이다. 이를 전하는 가족의 마음도 무거울 텐데, 코로나로 죽은 남편의 소식을 직접 전하지 않고 '왕 놀이를 계속하고 있다'라고 우회적으로 표현하는 방식을 통해 더 깊은 슬픔을 표현하고 있다. 또한 질환이 있어 남편보다 먼저 죽음을 맞이할 것 같았던 진숙보다 남편이 먼저 죽은 것은 인생의 아이러니를 느끼게 한다. 이처럼 오랫동안

떠나지 못한 진숙과 갑자기 떠난 남편의 대비를 통해 삶과 죽음의 문제를 진지하게 생각해보게 한다.

장강명, 「정시에 복용하십시오」

《릿터》, 2018 12/2019 1 15호

[줄거리]

'나'는 지금 불행한 상황에 부닥쳐 있다. 연애 초기에 두 사람이 먹으면 그 순간의 강렬하고 달콤한 흥분 상태가 오랫동안 유지되는 '뇌의 비아그라'를 먹지 않아 그녀가 떠났기 때문이다. 젊은이들 사이에서는 사귄 지 한 달이나 백일이 되었을 때 함께 병원에 가서 처방전을 받는 것이 신풍속이 되었다. '나'와 그녀도 3년 동안은 약을 먹었지만, 4년째 되었을 때 '나'는 약이 없어도 사랑이 유지될 것이라는 생각으로 한 달만 약을 안 먹기로 한다. 그러나 그녀는 동호회에서 만난 남자와 병원에 가서 처방전을 받게 된다. 그 뒤에 '나'는 의사를 찾아가게 되고, 예전에 약을 먹지 않기로 한 선택을 후회하는지 묻는 의사 말에 모르겠다고 대답한다. 그리고 그때로 돌아간다면 약을 먹을 것인지 묻는 말에 역시 모르겠다고 대답한다. 그러면서 결국 그녀가 떠났다는 사실에 집중하게 되고 다시 처방전을 받는다.

[추천 이유]

'정시에 복용하십시오'라는 제목에서부터 무엇을 복용하라는 것인지 흥미와 궁금증을 불러일으킨다. 의사와의 대화로 시작되는 도입부도 호기심을 갖게 한다. 점차 약의 정체가 밝혀지는데, 그것이 '뇌의 비아그라'라는 상상력 역시 신선하다. 그러면서도 판타지로만 끝나는 것이 아니라 지극히 현실적인 연애 관계를 그려낸다. '뇌의 비아그라'가 관계의 유지를 보장해 주지만, 약물의 힘을 빌렸다는 점에서 그것이 '진짜' 관계일지 의심하게 한다는 아이러니를 잘 보여 준 것이다. 그리고 이를 의심하는 '나'가 결국 연인을 잃고 다시 약을 받아 드는 장면에서 사랑의 상실로 인한 고통이 얼마나 큰지도 느끼게 한다. 사랑에 대해 과연 어떤 입장을 택하는 것이 무해할까?

두려움과 짧은 소설

임성순, 「1998 – 지옥에서 보낸 한 철」

《릿터》, 2016 8/9 1호

[줄거리]

IMF 때 아버지는 실직하고, '나'는 택배 일을 시작한다. 그리고 그곳에서 목과 관절, 근육의 고통을 참으며 일한다. 그곳에는 일을 효율적으로 잘하는 병욱 씨가 있었는데, 그는 근무시간 내내 자다가 위기 상황에 홀연히 나타나 상황을 정리하고 사라진다. 라인이 터지면 자다가 나온 부스스한 머리로 나와 최고 속력으로 빠르고 많은 양을 상차하는 등, 병욱 씨 덕분에 문제가 있을 때마다 잘 해결된다. 그러나 곧 사건이 터진다. 병욱 씨의 업무 수행 방식을 근무 태만으로 인식한 소장이 병욱 씨를 자르게 된다. 이에 수면 시간을 보장하는 조건으로 병욱 씨를 붙잡았던 팀장이 분노하고 소장과 싸움이 벌어진다. 그러나 방학에만 일하러 나왔던 병욱 씨는 오히려 좋다고 하면서 그만둔다. 병욱 씨가 그만둔 뒤 모두 지나치게 늘어난 업무에 괴로워하고, 일주일 뒤 신입의 손가락이 롤러에 으스러지면서 소장도 구조 조정을 당한다. '나'는 골병이 들기 전에 서둘러 그곳을 빠져나온다.

[추천 이유]

소설이 오늘날 우리가 처한 노동 환경을 전면적으로 나서서 해결할 수는 없다. 그러나 얼마든지 보여 줄 수 있다. 작품은 택배 상하차 일을 하는 과정을 실감 나게 묘사하면서 '해결사' 캐릭터인 병욱 씨를 생생하게 그리고 있다. 문제가 터질 때마다 해결했던 병욱 씨를 '태업'으로 치부하면서 함부로 자르고, 그가 해결하지 못한 일을 모두 떠안으면서 남은 사람들까지 과로하게 되며, 손가락이 으스러지는 산재까지 벌어지면서 최악의 노동 현장이 실감 나게 그려진다. 또한 자신의 실적과 업적을 위해 파견들을 구조 조정하고 자신 역시 구조 조정 당하는 모습을 통해, 비인간적인 노동 과정과 더불어 부품처럼 갈아 끼워지는 노동자들의 현실에 대한 비판도 강하게 드러나 있다.

사키, 「엉뚱한 침입자들」

『사키』, 김석희 옮김, 현대문학, 2016

[줄거리]

숲의 재산권을 둘러싼 조상 3대로부터의 긴 싸움을 벌인 두 집안의 남자가 차디찬 바람이 휘몰아치는 겨울 숲에서 마주한다. 두 원수는 각자 손에 총을 쥐고 있다. 그들은 증오심을 품고 침묵 속에서 서로를 먼저 죽이기 위해 노려보는데 그 긴장의 순간 사나운 폭풍에 너도밤나무가 쓰러지면서 둘을 덮치고 만다. 나무 밑에 깔리게 된 둘은 상처를 입은 채 누가 와서 꺼내주기 전에는 움직일 수 없는 상황에 이른다. 눈썹 밑으로 피가 흐르는 고통과 원수의 손이 닿을 정도로 가까이에 있다는 사실에 둘은 나무 밑에서 빠져나오려고 안간힘을 써보지만 소용없는 짓이다. 둘은 각자의 부하들을 기다리며 처음에는 독설을 내뱉다가 나무 밑에서 꼼짝하지 못하는 시간이 길어지면서 서서히 분노의 감정을 누그러뜨린다. 결국 둘은 집안의 싸움을 끝내기 위해 화해에 이르고 그 순간 그들 앞에 무언가가 나타난다. 무시무시한 공포로 얼빠진 두 남자가 덜덜 떨며 소리를 내지른다.

[추천 이유]

자연의 재앙 앞에서 인간의 싸움은 얼마나 하찮은가. 누군가를 미워하고 분노하는 감정은 인간 스스로 자신이 엄청난 존재라고 생각하기 때문은 아닐까? 코로나19로 말미암은 팬데믹을 경험하면서 우리는 기후 재난을 심각하게 받아들여야 한다는 것을 인식했다. 푸른 행성 지구는 계속해서 변하고 있으며 과거에 없었던 새로운 자연재해가 발생하고 기후 변화로 매년 각종 기록을 경신하고 있다. 지구 환경이 여러 심각한 위기에 처해 있다는 수많은 뉴스를 접하면서도, 우리는 여전히 지구에 대해 잘 알지 못한다. 그래서 가까이에 있는 삶들, 예를 들어 누군가를 시기하고 미워하는 고민에 더 깊이 빠진다. 자연 앞에서 인간이 얼마나 어리석은지를 보여 주는 작품이다. 원수로 만난 그들 앞에 나타난 진짜 두려움을 확인하게 된다면 나의 시야를 넓혀 발등에 있는 고민 정도는 발로 뻥 차버릴 수 있을 것이다.

분노와 짧은 소설

버지니아 울프, 「불가사의한 미스 V의 케이스」

『명작 스마트 소설』, 주수자 옮김, 문학나무, 2021

[줄거리]

어느 날 나는 갑작스레 새벽에 깨어나 메리 V 하고 크게 외친다. 그런 일은 처음이지만 새벽의 외침이 종일 머릿속을 떠나지 않자 결국 메리 V의 집을 직접 찾아가야겠다는 계획을 세운다. 사실 그 계획은 엉뚱하고도 기이한 공상에 가까운 일이다. 왜냐하면 내가 찾아가고자 하는 미스 V는 사람이라기보다 그림자에 가까운 존재이기 때문이다. 미스 V 같은 이들은 문명화된 도시에서 영원히 간과되는 존재로 인간적 존재감을 드러낼 필요가 없는 부류이다. 미스 V 자매는 그러니까 이름 하나로 두 사람을 지칭할 수 있다는 게 이상하지만, 그들은 그렇게 15년 동안이나 런던을 소리 없이 돌아다녔다. 그들은 사람들을 만나면 안락의자나 서랍장 속으로 스며들 듯 모습을 감추었다가 다시 나타나곤 하는 것처럼 존재감을 느낄 수 없었다. 그래서 그들이 보이지 않을 때도 벽에 걸린 그림이 없어졌나 싶을 정도였다. 마침내 나는 그녀가 사는 다세대주택에 도착하고 하녀로부터 메리 V는 두 달간 아팠고 어제 아침에 죽었다는 말을 듣게 된다. 내가 그녀의 이름을 부르던 바로 그 시각에 말이다.

[추천 이유]

불가사의한 미스 V가 왜 낯설지 않을까? 백 년 전 버지니아 울프는 미스 V를 통해 그림자와 같은 사람들, 가구와 같은 사람들, 존재감 없이 존재하는 사람들에 대해 말하고자 했다. 죽음으로 인해 미스 V가 누구인지 영원히 알 수 없게 된 이야기를 썼다. 2022년 우리는 휴대전화로 우주도 볼 수 있는 세상에 살고 있지만 불가사의한 미스 V의 이야기가 조금도 낯설지 않다는 사실이 기이하다. '언씽(unseeing)'이란 눈을 뜨고도 안 본다는 의미를 가진 말이다. 우리는 부모에게 버림받은 아이들과 가난해서 생리대를 사지 못하는 청소년과 지하철로 이동이 힘든 장애인 등 사회 곳곳의 약자들을 쉽게 외면하며 살아간다. 물론 그들을 가까이서 돌보는 일은 어렵다. 그러나 우리의 무관심은 그들을 더욱 고립시켜서 영원한 사회의 약자로 만들 것이다. 소설은 난해하고 모호한 듯하지만 집중해서 따라 읽다 보면 버지니아 울프가 여자로서 또는 한 인간으로 느낀 고독과 슬픔을 만나게 된다.

최준영, 「파지」

『제10회 손바닥 문학상 수상작품집(2009-2018)』, 한겨레출판사, 2019

[줄거리]

생산직원인 예서와 사무직원인 진철은 부서가 달랐지만, 산다이테크의 비공식 사내연애 커플이다. 그러던 어느 날 생산공장을 파주에서 오산으로 옮기게 되면서부터 일은 시작된다. 예서를 비롯한 직원들은 이것이 외주화를 위한 발판이란 걸 알고 파업에 참여한다. 예서는 파업에 참여했다는 이유로 강제적 부서 이동을 하게 되어 생산

직에서 영업팀으로 발령이 난다. 예서는 옮긴 부서에서 자리도 없이 지내며 동료 직원들의 따돌림을 당하며 회사 탕비실에서 혼자 점심을 먹고 커피 심부름 등 온갖 허드렛일을 한다. 그곳에서 예서는 "사무실에 굴러다니는 파지 취급을" 당한다. 회사 일로 어느덧 진철과의 사이에도 금이 가기 시작하고 어딘가에 속하고 싶었던 예서는 1인 시위 피켓을 든다. 종국에는 마지막 결단으로 삭발까지 감행하면서 점점 더 힘든 시간을 보내게 된다.

[추천 이유]

파업하는 사람들에게 파업은 할 것인가, 안 할 것인가의 선택이 아니라 하지 않으면 안 되는, 할 수밖에 없는 마지막 수단이다. 파업 참가자들이 투쟁 과정에서 받은 상처나 아픔이 얼마나 큰지 그 고통을 조금이나마 알기 위해서 소설은 더 깊이 그 안으로 들어가야 하는 당위를 갖는다. 지금 이 시각에도 정규직과 비정규직의 차이, 고용안정성과 불안정성의 사이에서 많은 사람이 투쟁 중이다. 예서는 홀로 외로웠고, 사람들로부터 버려진 꾸깃꾸깃한 파지가 된 듯했다. 언제나 행복할 것만 같았던 진철과의 사이에도 이별이 다가왔다. 예서가 포기하지 않고 버텨낼 수 있도록 혼자가 아님을 우리는 말해 주어야 한다. 위태로운 현실을 외면하지 않고 본다면 우리의 분노는 역설적으로 좋은 방향으로 우리를 데리고 갈지도 모른다.

기쁨과 짧은 소설

백수린, 「우리, 키스할까?」

『오늘 밤은 사라지지 말아요』, 마음산책, 2019

[줄거리]

애인과 별것도 아닌 일로 다툰 후 그는 그녀의 사소한 습관을 못 견 뎌 하는 자신을 느끼며 권태기를 의심한다. 당직 다음 날 평일 오후 의 고요함을 즐기며 가을날의 공원을 지나가는데 경쾌한 음악 소리 와 함께 연신 까르르 소리를 내며 웃고 있는 고등학생 또래의 남자아 이와 여자아이를 보게 된다. 남자아이는 키스하자며 조르고 여자아 이는 자꾸 웃으며 싫다고 거절하고 있다. 여자아이는 남자아이에게 키스를 한 번도 해보지 않아서 무섭다고 한다. 남자아이는 그럼 무 섭지 않을 때 하자며 여자아이를 꼭 안아준다. 서성거리다 우연히 어 린 연인의 모습을 본 그는 무엇인지 알 수 없는 충동을 느끼며, 자신 이 얼마나 그녀를 사랑하는지 말하기 위해 전화를 건다.

[추천 이유]

연애의 감정을 다시금 느껴보고 싶은 사람들에게 추천한다.

특히 노란 은행잎이 날리는 고요한 공원을 걷는 원숙한 가을빛의 연애에서 권태기를 느끼고 있는 연인들이라면 더 재미있게 보지 않을까 싶다. 소설 속 남자아이가 상대방을 진정으로 존중하며 기다려주는 모습을 상상하면 아련한 봄날 같던 자신의 연애를 떠올리게 될 것이다. 감정은 시간을 견디지 못하고 변하기 마련이지만 순수했던 시간을 기억한다면 우리의 연애는 더 오래 애틋할 것이다. 곁에 있는 소중한 사람을 지킬 수 있는 기쁨을 느끼게 해주는 소설이다.

셔우드앤더슨,「그로테스크들의 책」

『명작 스마트 소설』, 주수자 옮김, 문학나무, 2021

[줄거리]

늙은 작가의 집에 늙은 목수가 방문한다. 작가는 침대와 창문의 높이를 같게 만들어서 아침에 일어나면 창밖으로 나무들을 바라보고 싶어 했다. 침대를 고쳐 주러 온 목수는 남북전쟁 참전용사로 작가에게 전쟁에 관해 이야기하다 그만 눈물을 흘린다. 그 바람에 침대는 엉망으로 고쳐 놓고 돌아간다. 이후 작가는 불편한 침대에 누워 그로테스크한 다양한 사람들을 생각한다. 어떤 이들은 흥미롭고 어떤 이들은 아름다우며 어떤 여자는 그로테스크함 때문에 노인을 아프게 한다. 결국 노인은 침대에서 나와 '그로테스크들에 관한 책'을 쓴다. 하지만 그 책은 출판되지 않았고 나는 그것을 한번 보았는데 깊은 감명을 받는다. 그 책에는 어떤 핵심이 있기 때문이다. 그리고 늙은 목수는 그로테스크들 중에서 가장 사랑스러운 인물로 등장한다.

[추천 이유]

내가 아는 사람들이 품은 각자의 진실을 생각하게 만든다. 작가는 자신의 머릿속에 찾아온 수많은 존재가 품은 진실을 글로 써 보는데 그 이야기가 출판되지 않았다는 점에서 울림이 있다. 사람은 누구나 이상한 면 즉 그로테스크한 면을 가지고 있다고 생각한다. 각자가 품은 진실에 가까운 이상한 면을 이해하려는 노력만큼 자신 스스로 깊어질 수 있다고 믿는다. 그런 의미에서 작가가 수많은 존재를 이해하려는 마음 그 자체가 기쁨은 아니었을까? 작가로서 가장 기쁨을 느낄 수 있는 순간에 대해 말하는 이야기이다. 나아가 글쓰기가 무엇인가를 말하는 소설이다. 침대가 작가의 계획과 뜻대로 고쳐지지 않았다는 점이 흥미롭다. 마치 삶을 비유하는 것 같다. 만약 침대가 잘 고쳐졌다면 그는 그로테스크한 생각 따위로 시간을 보내지 않았을지도 모르겠다.

짧은 소설에 가치를 더한 노력

이제 당신은 어떤 책을 읽을 것인가?

짧은 소설 한 편 읽는 시간은 사람마다 차이가 있겠지만 대략 삼십 분이 걸리지 않는다. 우리는 어려서부터 책과 함께 살아왔다. 아무리 책을 안 읽는 사람도 학교에서 교과서를 읽었으니 분명 책과 연결된 삶을 살았다. 좋은 책을 만나면 눈이 번쩍 뜨일 만큼 맛있는 음식을 먹었을 때의 기분과 같다. 세상에 이런 맛이? 하고는 놀라고 기뻐한다. 좋은 책은 우리를 여기가 아닌 우리 너머의 어느 지점에 닿게 한다.

책에서 배운 감정은 내 삶의 태도를 바꾸어 놓았다.

나는 결혼해 아이를 낳았고, 학교에서 아이들을 가르치는 선생인데 아무리 애를 써도 나 자신에서 벗어날 수 없었다. 그건 나 자신을 알기 어려웠기 때문인데, 특히 내가 느끼는 감정을 정확히 파악하기가 쉽지 않았다. 해결되지 않았거나 알 수 없는 감정은 무의식에 깊이 자리하고 있다가 어떤 순간에 나타나 기어이 몸집을 부풀려서 내 삶을 방해했다.

내가 내 속으로 깊이 파고들어가야만 또 다른 출구를 만날 수 있기 때문에 책을 읽었다. 매일 많은 책을 읽으며 타인과 나의 감정을 느꼈다. 세상에는 읽지 않으면 알 수 없는 감정들이 있다. 읽는 순간, 몰랐던 내 감정을 만나기도 하고 뜻밖의 감정을 발견하기도 하면서 책에 빠져들었다. 때로는 누군가의 감정을 알고 싶어서 애써 책을 찾아 읽어 나갔다.

예전에는 뜻밖의 좋은 일이나 오래 바라던 일이 이루어지는 걸 기쁨으로 여겼다. 그런데 삶은 만만치 않아서 그런 일은 쉽게 이루어지지 않았고, 자주 찾아오지도 않았다. 오히려 매일 해결해내야 할 일들이 있고, 그 과정은 절대 순탄치 않음을 알게 되는 게 삶에 가깝다.

이제 나는 기쁨을 오늘에 두려고 노력한다. 그리고 가장 큰 기쁨의 순간이란 감정의 균형이 찾아올 때다. 삶은 우리에게 즐거움도 주지만 예상치 못한 고통도 함께 안겨 준다. 이때 내가 감정을 잘 조절하고 있다면 안정감과 함께 온화한 충만감을 느낄 수 있을 것이다. 나는 이러한 능력을 좋은 책에서 배울 거라 믿는다.

추상적이고 막연했던 감정이 언어로 다가오는 순간, 나는 생각에 깊이 빠져든다. 잠시 멈추게 되는 그 순간, 이전에 경험해보지 않은 깊이와 정신을 전달받는다. 책을 읽는다고 해서 버거운 현실로부터 벗어나거나 삶이 갑자기 크게 달라지지는 않을 것이다. 다만 지금 이 순간에 잠시 멈춰 오늘을 사는 나를 들여다보게 하지 않을까.

책은 멈추기 위해서도 읽는다.

5장

키워드로 만나는 짧은 소설

다양한 매력을 지닌 많은 짧은 소설 가운데

어떤 작품을 읽을까?

이 장에서는 서른다섯 가지 키워드로

백한 편의 짧은 소설을 소개한다.

순서에 따라 읽을 필요는 없다.

관심 가는 키워드를 골라 거기에 해당하는 짧은 소설을

새롭게 만날 수 있으면 좋겠다.

001 폭설이 내리고 강설량이 최대치를 갱신한 밤. 간병인은 자신이 돌보는 노인이 위중하다는 걸 안다. 자연재해로 도시에 발이 묶인 자녀들은 좀처럼 도착하지 않고, 간병인은 노인에게 자신의 이야기를 들려준다.

백수린, 「아무 일도 없는 밤」, 『오늘 밤은 사라지지 말아요』, 마음산책, 2019.

002 아라는 태어난 곳은 W지만 내내 H에서 자랐다. 겨울에는 스키 강사를 하고 나머지 계절은 수영장과 한우집에서 일한다. 검은물잠자리를 좋아해서 초코에 팬던트로 달아 팔목에 차고 다닌다. 일과 자연을 좋아하지만 최근 아라는 호신 용구를 주문하고 택배를 기다리고 있다.

정세랑, 「아라」, 『아라의 소설』, 안온북스, 2022.

003 자신의 돈을 떼어 먹고 달아난 친척을 찾아 나선 길에, 순옥은 도망간 남편을 찾으러 가는 젊은 아기 엄마를 기차 안에서 우연히 만난다. 그 뒤에 아기를 방치하고 잠든 엄마 대신 간식을 사 먹이며 아이를 돌보게 되고, 그 틈을 타 아기 엄마는 도망쳐 버린다. 서툴지만 따뜻하게 아이를 안은 순옥은 지난밤 꿈에 나온 돼지의 의미를 비로소 알아차리게 된다.

오정희, 「돼지꿈」, 『활란』, 시공사, 2022.

004 여자는 육아 전쟁을 치르던 중, 삼 주 뒤인 토요일 오전에 친구와 브런치를 먹기로 약속했다. 남편은 생색을 내며 그날 스케줄을 비워 두겠다고 말한다. 그런데 약속을 사흘 앞둔 시점에 아이가 수족구 판정을 받고, 남편이 약속을 미뤄야 하지 않겠느냐고 말하자 여자는 분노한다. 겨우 약속 장소에 나온 여자는 물총 축제를 즐기고 있는 이십 대 초반의 사람들을 보며 거리감을 느끼고 이 시간이 아주 천천히 지나가기를 바란다.

서유미, 「육아-거리」, 『릿터』, 2016 10/11.

#혼자 살기

005 주택 대란으로 수도권에서 혼자 살고 있는 사람은 무조건 2인 가족이 돼야 한단다. '나'와 이다 씨, 두 사람은 어떻게 지내게 될까?

이재은, 「1인가구 특별동거법」, 『1인가구 특별동거법』, 걷는사람, 2021.

006 '나'는 자주 위층 여자의 방문을 받는다. 여자는 부스스한 잠옷 차림으로, 어느 땐 맨발로 문밖에 서 있다. 어느 날 여자는 "저는 불행한 사람이에요." 고백하고, 그건 나랑 상관없다고 여기는 '나'에

게 충격적인 말을 더한다. "혼자만의 일이 아니니까요." 혼자 사는 여자들의 외롭고 쓸쓸한 이야기.

주수자, 「위층의 이웃」, 『빗소리 몽환도』, 문학나무, 2021.

007 '나'는 '춤'이라는 꿈에서 도망쳐 제주도의 귤 농장에 갔다가, 귤 할머니의 요청으로 '귤 따는 춤'을 만들며 꿈의 새로운 모양을 만들게 된다. 가슴속에 꿈 하나씩 품고 사는 사람들도 함께 춤추고 싶게 만드는 유쾌한 이야기.

이서현, 「귤 따는 춤」, 『망생의 밤』, 카멜북스, 2022.

008 "여전히 꿈을 꾸고 있는 우리가 그럼에도 불구하고 꿈꾸는 당신을 기다립니다."라는 문구와 함께 소개된 '지망생의 밤'에 참석한 '나'. 한 편의 시가 삶을 구원하리라 믿었지만 여전히 '망생'인 나는 모임이 열린 서점에서 예전 남자친구를 알아보고 놀란다. 남자친구는 밴드를 이끌고 무대 위에 있다. "쥐꼬리만 한 성공이라도 거머쥔 자"가 된 남자친구를 보는 나의 참담한 마음.

이서현, 「망생의 밤」, 『망생의 밤』, 카멜북스, 2022.

009 불행을 교환할 수 있는 상점. 당신은 무얼 버리고, 무얼 얻으시
겠습니까?

로드 던세이니, 「불행교환상회」,

『얀 강가의 한가한 나날』, 정보라 옮김, 바다출판사, 2011.

010 줄리엣이 가슴에 단검을 꽂으려는 순간, '그 세계'로 간 '나'는
그녀에게 "잠깐만!" 하고 외친다. 사랑 때문에 죽음을 선택하지는
말라고 설득하는 나. 그런 나에게 줄리엣은 자신과 로미오는 상징
으로 남아야 하는 운명이자 가문의 저주를 풀기 위한 희생양이라고
말한다.

주수자, 「부담 주는 줄리엣」, 『빗소리 몽환도』, 문학나무, 2021.

011 처음 리셋이 도입된 1980년대에는 심리적 재조정이 필요한 이
들이 극단의 상황에서 선택하는 것이라고 생각하는 사람들이 많았
고, 유년의 기억이 없는 사람들을 위해 유년기 재체험 프로그램도
생겨났다. 한 번도 한국을 떠나 살아본 적이 없는 사람에게 아마존
어느 부락에 살고 있는 유년의 기억을 입력한다면 어떤 일이 생길
까? 연인과의 사이는 변함없이 유지될 수 있을까?

김금희, 「오직 그 소년과 소녀만이」,

『나는 그것에 대해 아주 오랫동안 생각해』, 마음산책, 2018.

012 디자인팀 신입 이선미는 '나'에게 다른 사람의 미래를 본다고 말한다. 그리고 '라스트 헬' 바에 있는 '나'의 모습과 마지막에 '아 뇨, 아무것도'라고 말한다는 것까지 예측한다. '나'는 이선미의 말을 실험해 보기 위해 '라스트 헬'에 갔다가 목 언저리의 살가죽을 까뒤집는 가게 주인의 모습을 목격하고, 자신을 봤냐고 묻는 말에 '아 뇨, 아무것도'라고 답한다.

최제훈, 「아뇨, 아무것도」, 『현대문학』 2021년 8월호.

013 잉글랜드의 고색창연한 마을에 있는 학교에 다니는 '나'는 상상력이 풍부하고 흥분을 잘한다. 나와 이름이 똑같은 한 학생이 신경 쓰이는데 그에게 압도당하지 않기 위해 끊임없이 투쟁하며 나는 그에게 적대감과 함께 존경심, 호기심이 뒤섞인 감정을 느낀다. 어느 날 가면무도회에서 나와 똑같은 복장을 한 그를 만나게 된다.

에드거 앨런 포, 「윌리엄 윌슨」, 『에드거 앨런 포 단편선』, 2020.

SF

014 뇌졸중에 걸린 어머니는 의식 없이 병원에 입원해 있다. 미국

에 있는 아들은 면회용 로봇으로 어머니를 면회한다. 스크린에 자기 얼굴을 띄워 원격 조종으로 어머니를 보살핀다.

켄 리우, 「결」,
『어딘가 상상도 못 할 곳에, 수많은 순록 떼가』, 장성주 엮고 옮김, 황금가지, 2020.

015 주인장의 사랑을 듬뿍 받으며 지내던 책방 고양이 '나'는 파견 작가 J의 등장으로 불행을 맛본다. J는 '나'를 위협하고, 목을 조른다. 2042년 가을, '로봇캣 나비 NB561115'로 환생한 '나'는 노인이 된 J 그리고 책방 주인장과 조우한다.

이재은, 「나비 날다」, 『1인가구 특별동거법』, 걷는사람, 2021.

#연애 #사랑

016 연애는 가장 작은 왕국이고, 이 왕국에서 연인들은 서로에게 군주이면서 신민이라고 말하는, 이승우 작가 특유의 사유가 돋보이는 작품.

이승우, 「합리화 혹은 속임수」, 『만든 눈물 참은 눈물』, 마음산책, 2018.

017 혼자가 편했던 상식 씨. 세 살 많은 여직원 정순 씨와 데이트를 하지만 연인의 마음이 오래도록 같을 수는 없는 법. 상식 씨의 한결

같음에 질린 정순 씨는 이별을 통보하지만 상식 씨의 마음은 여전히 정순 씨를 향해 있다. 정순 씨는 '전 남친'의 집착에 겁을 먹고 경찰에 신고하는데……. 보호자 신분으로 경찰서를 찾은 상식 씨의 삼촌이 하는 말. "아가씨가 상식이 어미를 아주 많이 닮았구먼."

이승우, 「낯설지 않습니다」, 『만든 눈물 참은 눈물』, 마음산책, 2018.

018 곁에 있는 사람의 얼굴을 민망할 정도로 빤히 보는 남자. 언제 이 버릇이 생겼을까? 부모를 잃고 할아버지와 단 둘이 산 남자. 장님이었던 할아버지는 늘 해 드는 쪽에 앉아 있었고 남자는 할아버지가 자신을 봐주길 바라며 쳐다보는 습관이 생겼다. 그리고 이제는 어느 아가씨를 빤히...

가와바타 야스나리, 「양지」, 『손바닥 소설1』, 유숙자 옮김, 문학과지성사, 2010.

019 제이비스는 성공을 하자 한때 사랑했던 연인 보드킨 양을 배신하고 다른 여자와 결혼을 하고자 한다. 다만 보드킨 양이 간직하고 있는 연애편지함이 문제가 될까 봐 두렵다. 그래서 나에게 제이비스가 지키지 못한 약속들이 적혀 있는 편지를 훔쳐 와 달라고 부탁한다.

데이먼 러니언, 「약속 불이행」, 『데이먼 러니언』, 권영주 옮김, 현대문학, 2013.

020 나의 마음보다는 상대방의 마음을 돌보는 것이 진정한 사랑일

까? 다른 사람을 사랑하는 상대를 바라보며 그들이 행복할 수 있도록 물심양면으로 도와주던 멋쟁이 데이브에게는 멋진 반전이 기다리고 있다.

데이먼 러니언, 「광란의 40번대 구역에 꽃핀 로맨스」,

『데이먼 러니언』, 현대문학, 2020.

#관계 #소통

021 요나는 아들을 잃은 슬픔을 손님들과 나누고 싶어했지만 그의 말을 제대로 들어주는 사람이 없었다. '사람'은 없었지만 아무도 없는 건 아니어서 요나의 곁에는 말이 있었다.

안톤 체홉, 「고독한 그리움」, 『체홉 명작 단편선』, 백준현 옮김, 작가와비평, 2021.

022 백수로 지내오던 그는 심심한 마음에 낯선 번호로 걸려 온 여자와 약속을 잡고 만다. 보험설계사인 여자는 아들의 학교에 가기로 한 약속까지 어기고 채현종 사장님을 만나러 나왔는데, 그는 채현종 사장님이 아니다. 이제 그는 여자와 마주 앉아 어떤 이야기를 나눌까?

이기호, 「그녀와 마주한 어느 오후」, 『웬만해선 아무렇지 않다』, 마음산책, 2016.

023 멀리 있을 때 그들은 누구보다 가까웠다. 하지만 가까이 있으면 멀어지는 사람들이 있다. 펜팔 친구 석훈을 만나 거짓말에 실망하거나 분노하지 않는 화자가 매력적이다.

김미월, 「석훈에게」, 『현대문학』, 2021년 8월호.

024 우리는 듣고 싶은 말만 듣느라 정작 들어야 할 말은 듣지 못한다. 평론가의 독설에 죽음을 선택한 젊은 여류 화가의 이야기. 죽음 뒤에 밝혀진 진실을 통해 우리 자신을 돌아보게 하는 소설이다.

파트리크 쥐스킨트, 「깊이에의 강요」,
『깊이에의 강요』, 김인순 옮김, 열린책들, 2020.

025 때때로 우리는 일상에서 어떤 '순간'을 만난다. 가볍게 지나칠 수 없는 '그 순간'을 예리하게 포착한 소설. 식당 종업원으로 일하는 나는 우연히 손님으로 온 뚱뚱한 남자를 응대하게 된다. 그를 보면서 나는 불확실한 자신의 미래와 마주하게 된다.

레이먼드 카버, 「뚱보」, 『제발 조용히 좀 해요』, 손성경 옮김, 문학동네, 2004.

026 고향 친구 H가 동창들이 살아온 이야기를 담은 책을 내면서 시작되는 이야기. 그들은 오십 대 중반에 다다라 스마트폰의 사회관계 서비스망에 깊이 맛을 들였고 '단체방'을 만들어 소식을 전하다 책을 내고 출판 기념회도 열게 되는데, 상황은 뜻하지 않게 흘러만

간다.

성석제, 「되면 한다」, 『내 생애 가장 큰 축복』, 샘터사, 2020.

027 은수는 사직서를 제출한 뒤, 해외여행을 떠났다가 돌아온다. 은수를 데리러 정우의 차를 타고 공항에 가면서 두 사람은 용궁사에 놀러 가 소원을 빌었던 이야기를 한다. 말하면 소원이 이루어지지 않는다는 은수의 말에 정우는 속으로 은수가 더 이상 아무 데도 가지 못하게 해 달라는 소원을 빌었던 것을 떠올린다. 같은 공간에 함께 있어도 말하지 못한 대화들 사이에서 두 사람은 서로 외로움을 느끼게 된다.

박선우, 「소원한 사이」, 『우리는 같은 곳에서』, 자음과모음, 2020.

028 함께 산 지 십오 년째, 두 사람은 더 이상 다투지 않는다. 남편은 자상하고 깔끔하며 꼼꼼한 성격이라 일상에서 한 치의 흐트러짐도 없다. 어느 날 아내는 진짜 도끼에 가짜 꽃들을 단 뒤 그 도끼로 남편을 죽인다. 남편을 왜 죽였냐고 묻는 형사에게 아내가 말한다. "도끼에 꽃을 달면 도끼가 아닌가요?" 꽃으로 겉을 꾸몄지만 남편이 아내의 생활 태도나 습관, 취향 등을 죽이는 도끼였음을 드러내고 있다.

심아진, 「도끼는 도끼다」, 『무관심 연습』, 나무옆의자, 2020.

029 종일 스마트폰을 끼고 사는 아내는 멍하니 있거나 화를 내는 일이 잦아졌다. 남편은 아내의 변화에 의아해하던 중 우연히 아내의 페이스북 계정을 보게 되고 아내가 살고 있는 SNS 세상으로 인해 혼란스러워진다.

정이현, 「비밀의 화원」, 『말하자면 좋은 사람』, 마음산책, 2014.

#가치관 #태도

030 이웃과 정을 나누며 살던 시기를 어른들이 '호시절'이라고 추억할 때, '나'는 어렸을 때 고기를 먹지 못하는데도 그러한 가치관을 존중받지 못하고 억지로 고기를 먹어야만 했던 기억을 떠올린다. '좋은 사람'인 동시에 아무런 가책 없이 지역 차별을 할 수 있는 사람이라는 양면적인 태도도 살펴볼 수 있다.

최은영, 「호시절」, 『애쓰지 않아도』, 마음산책, 2022.

031 자신을 사랑하는 은행가에게서 보석과 돈을 받아 호화로운 생활을 하던 실크는 어느날 은행이 망했다는 것을 알게 된다. 자신이 은행가에게서 받은 돈을 돌려준다면 돈을 잃고 은행 앞에서 울부짖는 많은 사람의 문제가 해결된다고 생각하고 기쁜 소식을 먼저 알려주고 싶었던 실크는 은행에 모여 있는 사람들에게로 가는데 예상

치 못한 상황이 전개된다. 행운은 거저 오는 것이 아니라 나의 선행이 밑거름이 되는 것인지도 모른다.

데이먼 러니언, 「브로드웨이의 금융업자」, 『데이먼 러니언』, 현대문학, 2020.

#일 #노동

032 무역학과 행정조교와 경영학과 조교가 문서를 파쇄하기 위해 한 장소에서 만난다. 대학원에 왔지만 결국 파쇄기에 들어갈 일들을 열심히 해야 하는 처지를 한탄하다가, 진짜 해야 할 일인 글쓰기와 조소에 대한 대화를 나누면서 서로를 위로한다.

정용준, 「종이들」, 『현대문학』 2021년 8월호.

033 콜센터 직원으로 일하는 '나'는 매일 수많은 고객의 불만 사항에 대응한다. 끝까지 죄송하다는 말을 하지 않고 두루뭉술하게 넘어갈 수 있는 표현들로 유체 이탈 화법을 유려하게 구사하도록 교육받았다. 89번 고객은 작은 목소리로 빵에 무엇인가 들어 있다고 했다가 들어 있는 것 같다고 한다. 나는 89번 고객이 말하는 '무언가'를 확인하지 않고 통화 종료 버튼을 누르고 만다.

정이현, 「무언가」, 『현대문학』 2021년 8월호.

034 그는 대학 졸업 후 비정규직으로 열심히 일하다 계약 해지를 당한 이후 이 년 가까이 방에서만 생활하고 있다. 그런 그가 오늘은 새벽 세 시에 또띠아 토스트를 해 먹기로 결심한다. 그에게 또띠아 요리는 성취해내고 싶은 작은 도전이었다.

이기호, 「초간단 또띠아 토스트 레시피」,
『웬만해선 아무렇지 않다』, 마음산책, 2016.

035 '나'는 세 번째 회사에 추가 합격하여 첫 번째 출근길에 오른다. 정규직으로 출근하는 첫 번째 회사이다. 연봉도 많이 올라 미래 계획을 세부적으로 세울 수 있다. 회사가 한남동이라 하루에 교통비 포함 만천 원씩 써야 하는 일이 걱정이지만, 기분이 좋다. 사천오백 원짜리 아이스 아메리카노를 마시고 택시비로 팔천 원을 내긴 했지만, 회사에 들어가자 차원이 다른 냉방 덕분에 기분이 좋아진다.

장류진, 「백한 번째 이력서와 첫 번째 출근길」, 『일의 기쁨과 슬픔』, 창비, 2019.

036 A4용지 삼십 장 분량의 원고를 집어삼킨 지 일 년도 채 지나지 않아 컴퓨터가 또 이상해졌다. '나'는 기술자를 부르고, 컴퓨터가 바이러스에 감염되었다는 말에 기겁하면서 가까이 있던 노트북을 다른 방으로 옮긴다. 바이러스가 노트북에 감염되었을까 봐 걱정되었기 때문이다. 컴퓨터 바이러스가 공기로 전염되지 않는다는 사실을 알게 된 '나'는 부끄러워한다.

박완서, 「나의 웬수덩어리」, 『그 여자네 집』, 2013, 문학동네.

037 제대 후 고시원에서 생활하며 치킨집 알바를 시작했다. 바로 앞 팔백 가구가 거주하는 이십오층의 행복아파트 단지만 배달하면 되는데 행복은 아파트 주민에게만 허용되는 것이다. 치킨 알바를 시작했는데 히말라야 산악인을 위한 셰르파가 된 심정이 되고 만다.

이기호, 「아파트먼트 셰르파」, 『웬만해선 아무렇지 않다』, 마음산책, 2016.

#가족

038 농한기를 지내는 부부의 저녁 시간 보내기. 아낙과 사내는 상대에게 서커스단에나 가라고 소리치면서도 서로의 잔에 술 따라주는 걸 잊지 않는다. 빛나는 재치와 따뜻함, 상상력으로 가득한 소설.

에이비드 욘손, 「이른 봄」, 『욘손 단편선집』, 김창활 옮김, 서문당, 2007.

039 작은 온천 도시에 사는 가난한 두 가족. 어느 날 집 앞에 자동차가 서고, 귀부인이 돈을 줄 테니 아이 한 명을 상속자로 삼게 해달라고 한다. 아이를 판 집은 금세 살림이 나아졌지만, 그렇지 않은 집은 여전히 가난하다. 자식을 지킨 엄마는 자신이 훌륭한 부모라고 생각하지만 아들의 생각은 다르다. "아버지 어머니 같은 부모는 아

이를 불행하게 할 뿐이에요."

기 드 모파상, 「전원 비화」, 『기 드 모파상』, 최정수 옮김, 현대문학, 2014.

040 경직된 가족이 있었다. 어느 날 저녁식사 시간에 아들이 물구나무를 서는 이변이 일어나고, 아버지는 포크로 묘기를 부리는가 하면, 어머니는 블라우스를 찢는다. 창밖을 지나던 유랑극단 가족에게 아버지는 말한다. "우리랑 바꾸지 않겠수?"

쿠르트 쿠젠베르크, 「좀 색다른 짓」,
『베르트람 아저씨는 어디에?』, 김지선 옮김, 시공사. 2002.

041 밤에 휘파람을 마음껏 불어도 좋다고 말해주는 엄마가 이제는 없다. 엄마는 어린 시절부터 억척스럽게 일해 온 사람이었다. 하지만 나에게는 철들지 말라는 뜻으로 그렇게 말했다. 나는 휘파람을 잘 불지 못해서 어떻게 하면 잘 불 수 있을지를 고민한다.

편혜영, 「휘파람을 부세요」, 『현대문학』, 2021년 8월호.

042 4인 가족. 아빠를 제외한 엄마와 오빠, 내가 코로나에 걸렸다. 서로가 서로에게 전염병을 퍼트렸다는 의심도 잠시, 각자 격리에 들어간다. 어느 날 가족들은 아버지가 건넨 정체 모를 액체를 마시는데. "아빠 완전 미친 거 아냐. 나 침대에 다 뿜었어." "그럼 딸은 괜찮은 거네. 완치를 축하한다." 아빠가 가족들의 미각 테스트를 위해

준비한 것은 까나리 액젓이었다.

최지애, 「방과 방 사이」, 『마스크 마스크』, 걷는사람, 2022.

043 멋진 걸 알아보는 단 한 사람만 있으면 행복한 새 판이 만들어진다. 거짓말로 시작한 따뜻한 속임수. 마담 절뚝발이에게 생긴 어마어마한 가족과 친구들을 만나 보시라. 유쾌한 시트콤 같은 소설.

데이먼 러니언, 「마담 절뚝발이」, 『데이먼 러니언』, 권영주 옮김, 현대문학, 2013.

044 범죄 행위 장소에 아기와 함께 간다고? 그 자리에 어울리지 않는 인물을 데려다 비윤리적인 상황을 만들어 놓고 아이러니한 성공으로 웃음을 준다. 금고털이 아빠에게 돈만큼 소중한 건 아이뿐!

데이먼 러니언, 「부치, 아기를 보다」,

『데이먼 러니언』, 권영주 옮김, 현대문학, 2013.

045 이혼 경험이 있는 나는 재혼하여 새로운 가정을 꾸린 후 믿기지 않을 만큼 만족스럽다. 아내와 함께 식당을 운영하는 나는 장부를 정리하려고 혼자 가게에 남아 일을 마친 후 호젓하게 소주를 마신다. 혼자서 술을 마실수록 이혼에 이르게 된 고통스러운 과거를 떠올리며 오히려 안도감을 느끼게 되는 이유는 무엇일까?

최정화, 「17번 테이블」, 『오해가 없는 완벽한 세상』, 마음산책, 2021.

046 스물다섯에 아버지, 남편, 갓난아기를 모두 잃은 여자는 십오 년 동안 집 밖에 나가지 않았다. "죽음은 한 집안에 들어오면 이제 출입문을 알아 두었다는 듯이 곧바로 다시 찾아온다네."

기 드 모파상, 「미친 여자」, 『기 드 모파상』, 최정수 옮김, 현대문학, 2014.

047 장례식장에서 먹는 쿠키가 더욱 맛있는 이유는? 산 자는 입에 뭔가를 처넣어야 한다.

기 드 모파상, 「늙은이」, 『기 드 모파상』, 최정수 옮김, 현대문학, 2014.

048 그녀는 '나'에게 전화해서 케이가 죽었다고 말한다. 케이가 누구지? '나'는 그녀와 함께 케이의 집에 간다. 그녀의 아름다운 뒷모습을 보고 키스하고 싶다고 생각하지만 그녀는 점점 내게서 멀어진다. 그녀는 내게 슬프다고 말한다. "케이, 당신이 죽어서 난 정말로 슬퍼요."

손보미, 「죽은 사람」, 『맨해튼의 반딧불이』, 마음산책, 2019.

049 불가사의한 미스 V가 왜 낯설지 않을까? 백 년 전 버지니아 울프는 미스 V를 통해 그림자와 같은 사람들, 가구와 같은 사람들, 존재감 없이 존재하는 사람들에 대해 말하고자 했다. 죽음으로 인해

미스 V가 누구인지 영원히 알 수 없게 된 이야기를 썼다.

버지니아 울프, 「불가사의한 미스 V의 케이스」,

『시대를 앞서간 명작 스마트 소설』, 주수자 옮김, 문학나무, 2021.

050 자신이 늙었다고 수선 떠는 것을 싫어하는 말석은 조카의 결혼식에 참석했다가 KTX를 탄다. 그런데 갑자기 기차가 고장 난 상황에서 한 남자가 말석에게 자리를 양보한다. 서울역에 도착한 말석은 자신이 감사 인사를 하지 않았다고 기가 막혀 하는 남자의 태도에 화가 난다. 그러나 동시에 남자가 행패를 부리지 않을까 하는 생각이 들어 점점 공포스러워진다.

김금희, 「감사 인사」, 『현대문학』 2021년 8월호.

#여행

051 칠십 대 후반인 티겔 씨 부부는 관을 준비해놓고 죽음을 기다렸다. 아내가 먼저 세상을 뜬 뒤, 남편은 충동적으로 바다를 보러 가기로 한다. 기차에서 만난 사람들의 친절과 여행의 즐거움을 알아버린 티겔은 일부러 기차를 거꾸로 타면서 그 시간을 즐긴다.

쿠르트 쿠젠베르크, 「바다나 한 번 보고」,

『베르트람 아저씨는 어디에?』, 김지선 옮김, 시공사. 2002.

052 주로 일본 지역을 담당한 여행 가이드였던 '나'. 코로나19의 유행으로 여행사가 문을 닫은 뒤 일종의 '랜선추억팔이'로 예전에 찍은 현지 사진에 자기 모습을 합성하여 SNS에 올리기 시작한다. 그 사진을 '진짜'로 오해한 사람들이 관심을 보이고 여행 가이드는 새로운 사업을 기획한다.

김은, 「Ctrl+C Ctrl+V 여행」, 『마스크 마스크』, 걷는사람, 2022.

053 배가 잔교를 빠져나갈 때 밀려오는 안도감! 전화도 편지도 초인종도 없을 때 느끼는 해방감! 나만 아는 나의 여행. 여행의 긍정성을 전부 갖춘 따뜻하고 편안한 소설.

토베 얀손, 「두 손 가벼운 여행」, 『두 손 가벼운 여행』, 민음사, 2019.

#세대

054 "미뉴에트는 춤의 여왕이자 여왕들의 춤이지. 하지만 왕들이 사라진 후 미뉴에트도 사라졌어." 무용가였던 노부부는 젊은이 앞에서 미뉴에트를 춘 뒤 흐느끼면서 서로를 끌어안는다.

기 드 모파상, 「미뉴에트」, 『기 드 모파상』, 최정수 옮김, 현대문학, 2014.

055 산책길에서 우연히 만난 소년과 노인. 소년은 집을 잃었고, 노

인은 오래전에 고향을 잃었다. 그들이 앉은 벤치에는 막걸리가 있고, 저 멀리에는 반딧불이처럼 미약한 불빛이 반짝거린다.

이재은, 「설탕밭」, 『1인가구 특별동거법』, 걷는사람, 2021.

#친구 #우정

056 성인이 된 밥과 지미는 각자 자기 길을 찾아 떠나며 이십 년 후에 다시 만나기로 한다. 약속 장소를 찾은 지미는 자신이 쫓고 있던 범죄자가 친구 밥이라는 사실을 알게 된다. 지미는 친구를 체포하는 대신 그 자리를 떠나고, 다른 경찰관을 보낸다.

오 헨리, 「이십 년 후에」, 『오 헨리 단편선』, 김희용 옮김, 민음사, 2017.

#돈 #경제력

057 이익과 손해를 끊임없이 따져보는 삶에 지쳤다면 야코프의 삶을 가만히 들여다봐야 한다. 노인 야코프는 작은 소도시에서 관 짜는 일을 하고 있다. 그는 누군가 죽어야지만 이익이 되기 때문에 누가 언제 죽을 것인가 하는 계산만 머릿속에 가득하다. 그런 그가 소설의 말미에 흘리는 눈물의 의미가 엄중하면서도 아프게 다가온다.

안톤 체홉, 「롯실드의 바이올린」, 김희숙 옮김, 그물코, 2022.

058 석탄을 모조리 써 버린 빈곤한 '나'는 석탄 가게 주인에게 석탄을 구걸하러 가지만 거절당하고, 결국 보이지 않는 존재가 되어 사라져 버린다. "하늘은 그에게서 도움을 바라고 있는 사람을 막고 있는 은빛 방패. 나는 석탄을 가져야 한다."

프란츠 카프카, 「양동이를 탄 사나이」, 『변신』, 솔, 1997.

059 화로가 차갑게 식고, 수도꼭지가 얼 정도로 추운 방에서 '나'는 추위에 시달리고 있다. "조금이라도 손을 움직이면 손이 어딘가 차가운 곳에 닿는다. 그것이 가시에라도 찔린 듯 소스라치게 아프다. 목을 빙그르 돌릴 때 목줄기가 옷에 닿아 미끄러지는 것조차 견딜 수 없다." 목욕탕에 갔다 오고 화로에 새 숯이 탈 때에야 하루의 따뜻함을 깨닫게 된다.

나쓰메 소세키, 「화로」, 『소나티네』, 이소노미아, 2019.

#중독

060 나는 친구 포르투나토가 자신에게 상처를 줬다며 복수를 결심한다. 친구에게 포도주 감식안이 있다는 걸 알고 자신의 지하 창고

로 친구를 유인한다. 구하기 어렵고 맛 좋기로 소문난 아몬티야도 술통이 있다는 거짓말로 친구를 안으로, 좀 더 안으로 끌어들인다.

에드거 앨런 포, 「아몬티야도 술통」,

『에드거 앨런 포 단편선』, 전승희 옮김, 민음사, 2013.

061 보석 세공사 카심은 아내 마리아에게 보석을 만들어주지만 아내는 만족하지 않는다. 남편의 작업물인 다이아몬드 장신구를 탐내고, 멋대로 들고 나가기도 한다. 아내의 욕심을 보다 못한 남편은 다이아몬드 장식핀을 아내의 심장에 찔러 넣는다.

오라시오 키로가, 「엘 솔리타리오」,

『사랑 광기 그리고 죽음의 이야기』, 엄지영 옮김, 문학동네, 2020.

062 아들은 아버지가 이천오백만 원의 빚을 졌으며, 담뱃값이 오른다는 소문에 담배를 사재기해뒀다는 걸 알게 된다. 오른 가격으로 담배를 팔아 빚을 갚으려고 해보지만 맛이 떨어진 담배는 아무도 사지 않고, 아들은 매일 아버지가 남긴 담배를 피운다.

이기호, 「최후의 흡연자」, 『웬만해선 아무렇지 않다』, 마음산책, 2016.

063 일흔일곱까지 살 것으로 가정하고 친구와 마음껏 포도주를 마신 크론티히 할아버지. 죽지 않고 일흔여덟 살이 되자 마실 술이 똑 떨어진다. 포도주 상점에 가서 맛이 변했다며 교환을 요구하는 둥

무례한 행동을 하다가 상상의 포도주를 만들어낸다. 저기 저 술통에 포도주가 가득 들어 있어! 오늘도 할아버지와 친구는 술에 취해 웃고 떠든다.

쿠르트 쿠젠베르크, 「평생의 포도주」,

『베르트람 아저씨는 어디에?』, 김지선 옮김, 시공사. 2002.

064 키라우 씨는 술만 마시면 다른 사람이 된다. 번뜩이는 농담을 하고 좌중을 사로잡는 재간꾼으로. 맨정신일 때의 키라우 씨는 매력 넘치는 '그'를 만나고 싶다. '그'를 만나기 위해서는 취해야 하고, 키라우 씨의 주량은 늘어만 간다.

쿠르트 쿠젠베르크, 「필름 끊긴 사내」,

『베르트람 아저씨는 어디에?』, 김지선 옮김, 시공사. 2002.

065 '먹지 않는 모습 보여주기'가 직업인 광대. 최대 사십 일간 굶었지만 자신은 단식을 지속할 수 있다고 말한다. 지켜보는 사람이 없는데도, 죽음이 코앞까지 왔는데도 남자가 우리 안을 떠나지 않는 이유는?

프란츠 카프카, 「어느 단식광대」, 『카프카 전집1 – 변신』, 김주동 옮김, 솔, 2003.

066 일 년간 사귀어온 여자에게 이별을 통보받고 방 안에 틀어박힌 한우. 어느 날 절망스러운 내부의 골방 안으로 몽롱함과 두근거

림이 찾아온다. 그 불편한 감정에서 '달콤함'을 느낀 한우는 슬픔을
떼어내면 달콤함이 사라질까 봐 실연의 아픔에서 벗어날 생각이 없
다.

이승우, 「기이한 중독」, 『만든 눈물 참은 눈물』, 마음산책, 2018.

067 혼자 살지만 4인 가족보다 많이 먹고 많은 쓰레기를 배출하는
'그'에게 분노를 느낀 '나'는 오늘만큼은 결전을 벌이고자 다짐한
다. 하지만 '나'는 '그'가 사는 402호 문 앞에서 망설이다가 결국 옆
집의 김치찌개 냄새에 사로잡혀 보쌈과 김치찌개, 해물파전을 주문
하고야 마는데……. 사실 '그'는 바로 자기 자신이었다! 음식 중독
을 통제하기 어려운 현실을 유쾌하게 그려 낸 작품이다.

심아진, 「결전」, 『무관심 연습』, 나무옆의자, 2020.

#계급

068 양복점 수습생 아이키는 지역구 위원장 빌리와 악수한 뒤 행
복감에 젖는다. 빌리는 성공한 거물이지만 사교계에서 유명한 밴을
동경한다. 밴은 빈민 거주 지역에 가서 여러분을 도와주겠다 외치
고 충동적으로 아이키와 악수한다. 밴은 충만한 기쁨에 사로잡히는
데 자신의 시혜를 받게 될 아이키와 손을 맞잡았기 때문이다.

오 헨리, 「사회적 삼각관계」, 『오 헨리 단편선』, 김희용 옮김, 민음사, 2017.

069 참사관이 괜찮다고, 신경 쓰지 말라고 하는데도 그보다 낮은 계급인 체르뱌꼬프는 상대의 눈빛과 표정 하나하나까지 신경 쓰고 눈치 보면서 마음을 졸인다. 결국 독단에 빠져 화를 입는다.

안톤 체홉, 「어느 관리의 죽음」,
『체홉 명작 단편선』, 백준현 옮김, 작가와비평, 2021.

070 KTX 해고 여승무원인 '나'는 소송에서 받은 임금을 돌려주지 못해 빚을 떠안고, 십 년이 넘는 시간 동안 투쟁을 계속하고 있다. 잠시 후회한 적도 있었지만 '나'의 복직만이 아니라 불안정한 고용 환경과 여성의 노동 환경을 개선하기 위한 싸움을 지속하고자 한다. "나는 여전히 젊고 아직 싸움은 끝나지 않았다."

조남주, 「다시 빛날 우리」, 『그녀 이름은』, 다산책방, 2018.

#시간

071 난해하면서도 심오한 이야기, 무의식적인 정교한 이야기, 소설은 끝났지만 계속 진행될 것만 같은 이 아름다운 이야기를 시간이라는 해시태그에 넣기로 하자!

클라리시 리스팩토르, 「달걀과 닭」, 『달걀과 닭』, 배수아 옮김, 봄날의책, 2019.

072 나와 T는 일 년 만에 다시 만났다. 헤어지기 전 둘은 언니 동생이기보다 연인이었다. 오랜만에 만난 자리에는 음악가도 함께 술을 마시게 된다. 나이가 많은 나는 젊은 T의 거짓말을 들으며 삶이 가진 패를 생각한다.

권여선, 「나쁜음자리표」, 『에브리북 짧은 소설 시리즈 0094』, 에브리웨이, 2018.

#동물

073 사람의 말을 하는 기술을 동물에게 가르치는 법을 발명했다는 남자. 그는 어느 파티에서 말하는 고양이 토버모리를 소개한다. 고양이가 정말 말을 알아듣고 인간과 대화할 수 있을까?

사키, 「토버모리」, 『사키』, 김석희 옮김, 현대문학, 2016.

074 시골 과부와 하녀는 양파를 도둑맞는 경험을 한 뒤 개를 한 마리 기르기로 하고, 빵집 주인의 개를 공짜로 데려온다. 개의 이름은 피에로. 두 사람은 개를 예뻐하지만 개를 키우려면 세금을 내야 한다는 걸 알고 피에로를 처분하기로 한다.

기 드 모파상, 「피에로」, 『기 드 모파상』, 최정수 옮김, 현대문학, 2014.

075 원치 않는 인간이 된 고양이. 마음대로 뽀뽀할 수 없다는 사실 때문에 인간고양이는 다시 '진짜 고양이'가 되고 싶다. 함께 사는 미애가 혹시 먹고 싶은 게 있느냐고 묻자 그녀의 대답. "널 먹고 싶어."

김멜라, 「유메노유메」, 『공공연한 고양이』, 자음과모음, 2019.

076 가족들은 죽어 가는 고양이에게는 관심이 없다가, 죽고 나니 갑자기 고양이의 무덤을 만들고 불쌍해하면서 관심을 보이기 시작한다. "그가 우리집 아이들로부터 존재감을 인정받지 못하듯이, 스스로도 이 세상의 존재를 인정하지 않는 듯했다."

나쓰메 소세키, 「고양이의 무덤」, 『소나티네』, 김석희 옮김, 이소노미아, 2019.

077 유모 럭튼이 잠든 사이, 무릎에 놓인 천에 숨어 있던 동물들이 살아 움직이면서 한바탕 축제를 벌인다. 커튼의 정적인 무늬가 동적인 움직임으로 변하는 모습들이 환상적으로 그려진다.

버지니아 울프, 「유모 럭튼의 커튼」,

『시대를 앞서간 명작 스마트 소설』, 주수자 옮김, 문학나무, 2021.

078 '숫기' 없던 '나'는 홀로 시골에 내려와 집을 짓다가 자신의 집 공사를 방해하는 개에게 화가 나 '숫氣'를 발현하여 소리를 지른다. 그리고 개에게 물릴까 봐 긴장한 순간, 자신에게 애교를 부리는 개를 보며 마음을 열고 '어린 마음'이라는 뜻을 지닌 '숫기'를 다시 생

각한다.

이기호, 「숫기란 무엇인가?」, 『현대문학』 2021년 8월호.

079 회사 임원으로 승진한 보스의 축하 파티 참석차 레스토랑에 있
는 나. 레스토랑의 인테리어 콘셉트는 박제된 동물. 나는 어디선가
들리는 목소리에 고개를 돌리는데 그곳에는 독수리, 상어, 표범이
있고, 문밖에는 원숭이와 개가 쇠사슬에 묶여 있다. '박제동물'과
'사슬동물'은 서로 자기의 처지가 낫다고 으르렁거리다가 자신들을
노예 같은 존재로 만든 것이 인간임을 깨닫는다.

주수자, 「붉은 달빛 아래 저들」, 『빗소리 몽환도』, 문학나무, 2021.

080 와이어헤어의 두 번째 출산을 앞두고 '나'와 아내는 만반의 준
비를 한다. 그리고 한 마리씩 출산할 때마다 '나'는 가위로 탯줄을
자르고 닦아 주는 등 출산 과정을 돕는다. 다행히 네 마리 강아지가
무사히 태어나고 '나'와 아내는 안도한다. "새 생명이 태어나는 건
좋은 일이다. 출산과 육아는 개를 키우는 사람의 큰 기쁨이다."

가와바타 야스나리, 「애견 순산」, 『손바닥 소설2』, 문학과지성사, 2010.

081 콘래딘의 후견인인 숙모는 그를 엄하게 대했고, 콘래딘은 숙모
를 싫어하는 감정을 감추는 대신 족제비에게 '스레드니 바슈타르'
라는 이름을 붙여 주면서 신이자 종교로 섬긴다. 그러다가 족제비

를 들킬 위험에 처하자 콘래딘은 스레드니 바슈타르가 공격하는 노래를 부르고, 곧 숙모가 죽었다는 것을 알게 된다. 동물을 종교로 섬기거나, 노래가 주술로 작용하여 동물을 움직이게 만들었다는 점에서 괴기스러운 분위기를 자아낸다.

사키, 「스레드니 바슈타르」, 『사키』, 현대문학, 2016.

#재난

082 '붉은 죽음'이라는 역병을 피해 왕과 귀족들이 대사원에 은신하지만, 재난에는 예외가 없어 죽음의 가장무도회를 통해 그들의 이기심이 단죄된다.

에드거 앨런 포, 「붉은 죽음의 가면극」,
『에드거 앨런 포 단편선』, 전승희 옮김, 민음사, 2013.

083 코로나를 겪고 있는 지금의 우리에게 메르스는 과거의 전염병이 되어버렸다. 할머니의 잔기침에서 느꼈던 두려움이 사실은 함부로 누군가를 경계하는 나의 두려움으로 확장되는 이야기가 의미심장하다.

이기호, 「타인 바이러스」, 『웬만해선 아무렇지 않다』, 마음산책, 2016.

084 십 년째 누구와도 만나지 않고 외출조차 하지 않던 소설가 S가 코로나로 말미암아 사망했다는 소식을 들은 편집자 K. K는 두문불출했던 그가 어떻게 죽었는지 의아하기만 하다. K는 얼마 전 자신이 코로나 양성 판정을 받았던 것과 S와 우편을 통해 교정지를 주고받았던 사실을 떠올린다. 출판사 사장이 S의 집에서 가져온 원고에 지문 두 개가 찍힌 것을 보고 K는 그중 하나에 자신의 엄지를 대본다.

김은, 「어느 편집자의 고백」, 『마스크 마스크』, 걷는사람, 2022.

#행복

085 속기사로 일하는 세라는 시골에 갔다가 농부와 사랑에 빠져 그의 편지를 기다리지만 편지가 오지 않아 실의에 빠져 있던 중, 타이핑한 메뉴판의 글자에서 오류가 난 덕분에 애인과 극적으로 만나게 된다. 오해가 풀리면서 행복한 결말로 나아가는 과정이 갑작스럽게 찾아온 봄처럼 큰 기쁨을 준다.

오 헨리, 「식탁을 찾아온 봄」, 『오 헨리 단편선』, 민음사, 2017.

086 19세기 런던의 거리를 관찰하던 나는 우연히 호기심이 생긴 어느 노인을 뒤따라간다. 낡고 허름하지만 고급스러운 금박 단추가 달린 옷을 입은 노인은 밤부터 아침까지 사람들이 있는 술집과 거리를 하염없이 떠돌 뿐이다. 사람들 곁을 떠나지 못하는 우리와 닮은 누군가의 모습을 보게 되는 이야기.

에드거 앨런 포, 「군중 속의 사람」, 『에드거 앨런 포 단편선』, 민음사, 2013.

087 그들은 대학 졸업 후 삼 년 만에 모교 앞 술집에서 만났다. 그런데 뜻하지 않은 멤버인 범수가 초대되었다. 모임원들은 모두 범수를 싫어하고, 결국 혼자 술만 마시던 범수는 갑자기 모두를 향해 말한다. 자신이 염력을 부릴 수 있다고. 그는 왜 이런 말을 했을까?

박형서, 「외로운 사람」, 『현대문학』, 2021년 8월호.

088 방음이 전혀 되지 않는 공동주택에서 다른 사람들의 일상을 소리로 듣던 나는, 다른 이웃의 소리로 가득한 내 집에서 이 집에 벽이 존재하는 건지 의심이 든다. 함께 살아가며 온전한 나의 공간으로 확보할 수 있는 적당한 거리는 어느 정도일까?

최정화, 「이웃」, 『오해가 없는 완벽한 세상』, 마음산책, 2021.

#주거

089 사람들은 그것을 전쟁이라고 불렀지만 H는 아랑곳하지 않았다. 두 명 중 한 명이 자동차를 몰고 다니는 시대에 작은 차 한 대쯤 보탠다고 달라질 게 있을까 싶었다. 하지만 땅을 치고 후회해도 소용없다. 차를 한 대 소유하는 일은 그리 간단한 일이 아니었다.

정이현, 「모두 다 집이 있다」, 『말하자면 좋은 사람』, 마음산책, 2014.

#여성의 목소리

090 아내의 고분고분하지 않음을 불평하는 남자, 엄마 도장이 아닌 아빠 도장을 찍어가겠다고 고집하는 아이, 아내의 입에서 '여행'이라는 단어가 나온 데 노발대발하는 남편 등, '저 마누라를 어쩌지?'라는 제목으로 다섯 가지 이야기가 실려 있다.

이경자, 「저 마누라를 어쩌지?」, 『오늘도 나는 이혼을 꿈꾼다』, 걷는사람, 2020.

091 한 어머니가 딸들에게 '품사'를 주면서 세상으로 내보낸다는 이야기. 첫째 딸은 명사, 둘째 딸은 동사, 셋째 딸은 형용사, 넷째 딸은 부사, 막내는 전치사가 든 보따리를 품에 안고 떠난다.

엘리노어 아너슨, 「문법학자의 다섯 딸」,

『야자나무 도적』, 신해경 옮김, 아작, 2020.

092 술을 강요하고, 수시로 불려 가고, 사 놓은 반찬들을 버리는 시댁의 횡포에 이혼을 진행한 언니와 결혼을 준비하는 동생. 결혼에 대해 묻는 동생에게 언니는 좋은 일이 더 많으니 결혼을 하되 누구의 아내, 며느리, 엄마가 되지 말고 너로 살라고 말해 준다. "이게 엔딩이 아니라는 것을 알고 있다. 이야기는 지금부터 다시 시작될 것이다."

조남주, 「이혼 일기」, 『그녀 이름은』, 다산책방, 2018.

093 성당이 여자들의 노동 없이는 돌아가지 않는다는 것을 통해 종교에서 소외된 여성의 문제를 이야기하는 작품이다. 여자아이는 대복사를 할 수 없다는 성당의 방침에 저항하던 딸은 노력 끝에 대복사가 되고, 그런 딸을 보며 엄마인 해주는 씁쓸해하면서도 기쁨을 느낀다. "유리가 부당함에 저항하여 이긴 경험을 얻었다는 것이 기쁘기도 했다."

최은영, 「저녁 산책」, 『애쓰지 않아도』, 마음산책, 2022.

094 너희 자매는 진짜고 우리는, 아니 나는 가짜예요. 당신들의 삶이 이상적이란 걸 나는 알아요. 글쓰기라고요? 제가 어떻게 그런 걸 할 수 있죠? 여자라면 남들처럼 결혼해야 하는 거 아닌가요?

버지니아 울프, 「필리스와 로자먼드」,

『버지니아 울프 단편 소설 전집』, 한국 버지니아 울프 학회 옮김, 2020.

095 여자들이 키워 주고 먹여 주고 편히 살게 해 주었기 때문에 아무것도 아닌 남자들이 똑똑해진 거야. 저기 말이야, 남자들이 아이를 낳게 할 수는 없을까?

버지니아 울프, 「어떤 연구회」, 『버지니아 울프 단편 소설 전집』,

한국 버지니아 울프 학회 옮김, 2020.

096 도저히 참을 수가 없어서 오늘 또 남편을 패고 말았습니다. 선생님은 폭력이 나쁜 거라고 가르쳤지만 어쩔 수가 없었어요. 남편은 인권 운운하며 달려들었지만...

이경자, 「옛날 옛날 한 옛날에」, 『오늘도 나는 이혼을 꿈꾼다』, 걷는사람, 2020.

097 혼수로 화장대 대신 책상을 해 오고 글을 필사하면서 자신만의 꿈을 꿨지만, 결혼하고 육아를 하면서 생활인이 된 활란은 새롭게 자기만의 방을 꿈꿔 본다. 그것이 비록 남편이 잔금으로 맡긴 오천만 원을 몰래 들고 가정을 탈출하는 꿈을 꾸는 데 지나지 않더라도, 자신의 꿈을 새롭게 자각했다는 것만으로도 의미가 있을 것이다.

오정희, 「사십 세」, 『활란』, 시공사, 2022.

098 커밍아웃 후 집을 나와 포와 함께 살고 있는 두이. 코로나바이러스로 집에 있는 날이 늘면서 두이와 포는 잼말놀이로 시간을 보낸다. '신인 샹송 가수의 신춘 샹송 쇼우'. 두이가 잠시 집을 비운 사이, 포는 두이의 아버지에게 전화를 건다. "두이는 무탈합니다." 전화기 너머로 희미하게 들리는 남자의 흐느낌.

이재은, 「코로나, 봄, 일시정지」, 『코로나19 기침소리』, 나무와숲, 2020.

099 어떤 진실이 사람을 그로테스크하게 할까? 늙은 작가의 집에 방문한 목수는 자신의 이야기를 하느라 침대를 엉망으로 고쳐 놓고 돌아가지만, 작가는 그 불편한 침대에 누워 다양한 사람들을 생각한다.

셔우드 앤더슨, 「그로테스크들의 책」, 『스마트 소설』, 주수자 옮김, 문학나무, 2021.

100 아라는 출판 담당자로부터 차기작이 연애 소설이면 좋겠다는 말을 듣지만 자신이 없다. 더는 연애를 믿지 않기 때문이다. 성매매 산업의 현실과 불법 촬영물 공유 사이트의 이용자 수를 알게 된 뒤

여성 창작자로서 윤리적 고민에 깊이 빠졌기 때문이다.

정세랑, 「아라의 소설1」, 『아라의 소설』, 안온북스, 2022.

#전쟁

101 전쟁 중 참호전에 있는 병사들이 할 수 있는 이야기란 무엇일까? 군복을 입은 병사는 우리에게 아주 흥미로운 이야기를 들려준다. 요컨대 네모 달걀을 낳는 닭을 자신이 품종 개량해서 돈을 엄청나게 벌었다는 것. 그 허세 가득한 이야기가 전쟁을 멈추게 할 수는 없지만 끔찍한 현실을 잠시 떠나게 하지는 않을까.

사키, 「네모 달걀」, 『스마트 소설』, 주수자 옮김, 문학나무, 2021.

에필로그

나를 사랑하는 일이 곤혹스러워서 소설을 사랑하기로 했다. 언제 그런 마음을 먹었는지 모르겠다. 소설을 깊이 깊이 생각하면서 나를 덜 책망하게 되었다. 그건 짝사랑이었지만 내가 꿈을 접지 않아서 오래 관계가 유지되었고 그 사실이 퍽 흐뭇했다.

희망이 날개를 접고 공중제비 도는 모습을 상상하다가 나도 모르게 짧은 소설에 빠졌다. 짧은 소설은 내게 '다른 소설'이었으므로 나는 금세 끌리고 말았다. 나만의 사전에서 다름은 시도, 용기, 새로움, 재미, 발견과 비슷한 말이었고 나는 그 말들을 의지하고 지지했다.

추억도 많지 않고 잊지 못할 기억도 별로 없어서 나는 내 삶을 알 것 같았다. 살짝 지루하고 따분한 것 같았다. 현실의 현실인 현실적인 삶보다 압축되고 집약된 작은 세계, 가짜지만 진짜인 큰 세계를 만나는 게 좋았다. 소설의 언어는 나를 현혹하고 위로하고 내게 저릿한 감동을 주었다. 지난 팔월에는 나를 살게 하는 단어 열 개를 적어 보았는데 그건 다음과 같다. 여기있음, 존중, 관계, 자연, 봄, 여행, 겨우, 홀로, 가로등, 비.

　짧은 소설을 읽고, 나누고, 작품을 매개로 일상을 돌아보고, 미래를 예감하지 않은 채로 글을 썼다. 차곡차곡 쌓은 글이 모여 이 책이 되었다. 소복소복 살이 오르는 겨울이 가고 쑥쑥 쑥이 자라는 봄이 가고 또 여름이 가고 가을이 왔지만, 갈색 길이 아름다운 가을이 왔고 곧 소록소록 눈 내리는 겨울이 올 것이며 머지않아 봄이 오고 또 여름이 온다고 말하고 싶다. 기다리는 것은 틀림없이 온다. 기쁘다.

_ 이재은

　책을 읽다 멈출 때가 많다. 그 순간 수많은 생각이 내 존재의 시간을 길게 늘여 놓는다. 답답하게 나를 짓누르고 있는 무언가가 나풀나풀 빠져나가 알 수 없는 힘이 생겨난다. 소설 속 다양한 사람을 만나면서 나는 달라졌다. 그 안에는 유쾌한 사람도 있지만 슬프고 아픈 사람이 더 많았다. 그들의 고통을 더듬어갈수록 많은 부분이 달라졌다. 이 변화를 자랑스럽다거나 즐겁게 받아들인 적은 별로 없다. 뭐랄까? 그냥 내게 오는 변화들에 충실해지고 싶었다. 최선을 다해 읽고 이해하고 공감하고자 노력했다. 그리고 온 마음을 다하고 싶었지만 잘되지 않는 순간에 대해 더 많이 생각했다.

'혼자'가 아니라 '함께' 짧은 소설의 의미를 발견하는 작업은 멋진 일이다. 나와 비슷한 생각을 하고 있다는 걸 알면 고독 가운데에서도 기분이 나아졌다. 내가 미처 생각지 못했던 감정을 누군가에 의해 깨닫게 되면 무한한 욕구가 채워지는 충만함을 느꼈다. 우리 네 명의 저자는 이 년 동안 한 달에 두 번씩 비대면으로 만났다. 짧은 소설을 읽고 긴 이야기를 나누고 기록하고 각자의 글을 썼다. 그토록 애썼던 마음이 책으로 나와서 좋다. 이 책을 시작으로 왠지 더 많은 것들이 달라질 것만 같다.

_ 전앤

공상을 좋아한다. 어릴 적 읽은 동화 속 주인공은 하늘을 나는 가방을 타고 여행을 했는데 나에게 하늘을 나는 가방은 없지만, 상상이 곁들여지면 녹록치 않은 현실의 삶에서도 희망을 품고 미래를 향해 꿈을 꿀 수 있었다.

어릴 적 다니던 학교에는 넓은 도서관이 있었다. 문을 열고 들어서면 서늘한 공기, 책이 뿜어내는 냄새, 햇빛이 지나가는 자리마다 춤을 추듯 떠다니는 먼지가 어우러져 독특한 분위기를 만들어냈다. 도서관의 냄새로 나를 채우고 싶었다. 바깥 기온이 높은 여름에도 도서관 안은 서늘하게 느껴졌는데 창문에서 쏟아지는 햇빛이 마룻바닥의 작은 부분을 환하게 비추며 조그만 자리를 만들어냈다. 따스하고 밝은 빛을

온몸에 받으며 마룻바닥에 누워 가만히 눈을 감고 상상의 세계로 빠져
들곤 했다. 나의 책읽기는 책이 있는 공간에 대한 사랑에서 시작되었
다.

소설은 끊임없이 내게 말을 걸어 나의 세계에만 함몰되지 않고 세
상에 감응할 수 있도록 도와준다. 공감력 부족한 내가 세상과 화해하
고 다른 사람의 삶에 관심을 갖고 살 수 있게 된 건 전적으로 소설 덕분
이다.

위트 있고 경쾌하며 짧은 호흡으로 읽을 수 있는 짧은 소설을 알게
되어 함께 읽었다. 생각과 마음을 나눈 사람들과 쓴 글이 책으로 나오
니 기쁘다. 이 책이 짧은 소설이 놓여진 좋은 공간이 될 수 있다면 더욱
좋겠다. 함께 짧은 소설의 매력에 빠져보자고 적극적으로 말을 거는
것이다. 매력에는 빠지는 거다, 풍덩!

_김은주

일상에서 독서에 가장 많은 시간을 들이고 있지만, 고백하자면 짧
은 소설이 내 삶에 들어온 지는 얼마 되지 않았다. 달리 말하면 독서를
주업으로 삼으면서도 시야가 그만큼 좁았다는 뜻이기도 하다. 알고 보
니 주변에 짧은 소설이 참으로 많았다. 처음에는 호기심으로 시작했던
짧은 소설 찾기가 탐구심으로 번지면서 책까지 내게 되어 신기한 마음
뿐이다. 사방(四方)에 가득한 짧은 소설을 추려 읽은 뒤 네 명의 저자

가 모여 나름대로 고심한 결과물들을 네 방향(四方)으로 펼쳐 보았다. 짧은 소설을 먼저 읽고 나누어 본 기록들을 모쪼록 많은 사람이 읽어주고, 짧은 소설이라는 이름의 낯설지만 재미있는 여정을 함께했으면 좋겠다. 우리만 알고 있기에는 아쉽고도 아까우니 말이다.

오래전에 독서 관련 책에 공저자로 참여한 적이 있었는데, 그때 했던 인터뷰에서 책읽기와 글쓰기의 관계를 흙과 도자기의 관계라고 말했었다. 책을 읽을수록 비옥한 흙이 생기고, 책을 읽은 뒤에 글을 쓰면 그 흙으로 멋진 도자기까지 빚을 수 있으며 만들어진 도자기를 보면 더 좋은 흙을 재료로 쓰고 싶어진다는 의미에서 한 말이었다. 짧은 소설을 읽은 경험들이 빚어낸 책을 보면 더 좋은 짧은 소설을 찾아 읽고 싶다는 생각이 들 것 같다. 그리고 그 독서 경험이 다시 글이 된다면 기분 좋은 순환이 될 것이다. 글재주는 하루아침에 가질 수 있는 게 아니지만, 읽기 재주는 누구나 가질 수 있기에 그것들이 모여 글의 밑천이 되어 준다고 생각하면 없던 힘도 생기는 기분이다. 그런 희망과 가능성을 계속해서 끌고 나가고 싶다.

_ 권혜린

권혜린

작가와 강사로 활동하고 있으며, 『책읽기의 달인, 호모 부커스 2.0』(공저), 소설집 『교보문고 스토리공모전 단편 수상작품집 2020』(공저)과 장편 소설 『불가사리 전선』, 『부어스: 별을 따는 사람들』을 출간하였다. 짧은소설연구모임에서 미지의 짧은 소설들을 함께 탐험했던 근사한 시간을 더 널리 공유하고 싶다.

김은주

성인권 교육과 민주시민 교육으로 청소년들과 만나고 있다. 그림책과 영화, 문학을 함께 이야기하는 시간을 좋아한다. 짧은 소설을 읽으며 일상의 고단함을 잠시 잊기도 하고, 긴 여운에 흠뻑 빠지기도 한다. 짧은 소설을 읽는 즐거움을 함께 나누고 싶다.

이재은

소설집 『비 인터뷰』와 짧은 소설집 『1인가구 특별동거법』을 펴냈다. 1인 문화예술공간 마음만만연구소를 운영한다. 책을 벗 삼아 도란거리고 싶어서 짧은소설연구모임을 시작했다. 많은 사람에게 짧은 소설의 재미를 알리고 싶다.

전 앤

고양예술고등학교에서 문학을 가르치고 있다. 청소년들과 소설을 이야기하는 시간을 좋아한다. 다른 시간에는 책상 앞에 홀로 앉아서 소설 속 인물들이 걸어주는 말을 듣는다. 짧은 소설은 나와 타인 사이를 빠르게 이어 주면서 어떤 지점에 도달하게 만드는 강한 힘이 있다.

짧은 소설 가이드북

펴낸날 2022년 10월 31일

기 획 이재은
지은이 권혜린, 김은주, 이재은, 전앤
펴낸이 장은성
만든이 김수진
인 쇄 호성인쇄

출판등록일 2001.5.29(제10-2156호)
주소 (350-811) 충남 홍성군 홍동면 광금남로 658-8
전화 041-631-3914
전송 041-631-3924
전자우편 network7@naver.com
누리집 cafe.naver.com/gmulko

ISBN 979-11-88375-31-8 값 10,000원

인천광역시 인천문화재단 IFAC
본 도서는 인천광역시와 (재)인천문화재단의 후원을 받아 '2022 인천형 예술인 지원사업'으로 선정
되어 발간되었습니다.